我真的，必須要改變了……

contents

第一章 可怕的上學日 3
第二章 傍晚的神祕電話 17
第三章 班會驚魂記 31
第四章 美少年駕到 45
第五章 斐恩的變卦 59
第六章 請聽我說 73
第七章 特訓課 89
第八章 理直氣柔 101
第九章 尼克生病了 115
第十章 讓人意外的黑馬 127
第十一章 突如其來 137
第十二章 衝突與收穫 151
第十三章 告別 163
第十四章 風雲人物 175
第十五章 遠行的日子 189

第一章
可怕的上學日

「胃越來越痛了……」

國三生的默默走在早晨春意盎然的巷子裡，心情卻好不起來。外表看來，默默只是個很「一般」的女孩——普通到不行的長相，文文靜靜、戴著眼鏡，頭髮梳得一絲不苟，有時綁成馬尾，有時綁成公主頭。默默的頭髮永遠乖乖貼著頭皮，中規中矩，就跟她的外表一樣，白淨簡單，貌不驚人。一想到今天的社會課要輪到她上台報告，默默簡直是胃底翻騰，心臟狂跳。本名葛璦默的默默，從小就沉默寡言，而「默默」這個暱稱原本是爸媽的好意，希望她當個溫柔內斂的女孩，卻因為自己的陰沉個性，老被班上同學取笑。由於不擅言詞，緊張起來還會結巴，上台報告更是默默的夢魘。

她昨晚已經做了一整晚的惡夢，半夜睡不著，還緊張得把今天要用的報告資料看了一遍遍，緊張的心情卻仍舊無法減緩。

「Good Morning！默默！」一聲中氣十足的男孩嗓音從默默背後傳來。她轉頭一看，原來是班上唯一可以稱得上朋友的人——從美國回來唸書的台灣學生，尼克。看見一向有朝氣又熱情的尼克，默默總算露出了笑臉，也用英文回答他早安。

默默和尼克感情不錯，喜歡的科目又都很像，「英文」和「作文」。兩人還在同個作文補習班上課，早晚都會見面。一開始默默英文跟不上時，尼克總是幫她惡補，而剛從美國回來台灣的頭一年，尼克經常被同學排擠，課業又跟不上大家，也都是默默耐心教導他國文與作文。

「怎麼啦？看妳好像又開始緊張了。」尼克拍著默默的肩膀。

「沒問題啦！如果今天妳上台講不出話來，就看看小抄吧！誰要是笑妳，我就揍他。」

「尼克……別揍人啦！你已經被訓導主任警告好多次了。」默默苦笑道。

原來，尼克什麼都好，就是個性火爆衝動了點，愛替人打抱不平。看在默默眼底是正義小子，在別人眼底卻是個自以為是的美國籍流氓，也難怪尼克在班上的人緣一直好不起來。大概是同病相憐吧！尼克與默默從國一下學期，就成了無話不談的好朋友。尼克會耐心傾聽，默默也會包容尼克的火爆脾氣，兩個好朋友一路互相扶持，走到了國三的最後一個學期。

「來，早點去學校準備吧！我載妳。」塊頭高挺、發育比一般台灣男孩大上好幾號的尼克把腳踏車一停，嬌小玲瓏的默默便坐了上去。

兩人的一天，就這麼開始了。對默默而言，今天依舊是個可怕的日子，不過靠著尼克與他的帥氣捷安特腳踏車，默默提早到了學校，心情也稍微踏實了些。一進教室，默默先將午餐的鐵盒便當拿去班上共用的蒸飯箱，再幫忙清潔黑板。等晨間打掃後，她就回到座位，埋頭準備社會課的報告。

「如果同組報告還好……要我一個人上去報告……唉！」默默越想越緊張，手中的草稿被捏得皺巴巴。

平常同組報告時，她往往躲在組員後方，雖然組員也不見得對默默多友善親切，因為默默一向是別組「挑剩」之後，被老師指派到組內的。雖然過程一向很難堪，但默默至少不用獨自面對群眾，只要聽老師指派就好。為了證明自己的價值，不管被編入什麼樣的小組，默默不但認真做好自己的部份，有時候還連全組的份一起做。找資料、做研究、寫報告、做作品，這種「幕後工作」都難不倒默默，但一談到要上台報告，她可就恨不得自己縮成一團球，滾到大家都找不到的地方。偏偏，這學期的社會課就是要輪流個人報告。默默越想越急，正要集中注意力讀報告資料，眼前便來了一群人影。

「砰！」一張貼滿水晶指甲的白皙手掌，用力壓在默默的講稿上，阻止她繼續讀下去。默默慌張地抬起頭，正巧和班上的班花對上眼。

「早安啊！默默。」班花露出了一個不懷好意的神祕笑容。

她正是班長斐恩，班上人氣最旺的女生，平常總帶著一票「丫鬟」跟在身後，最愛找默默麻煩。默默不敢看斐恩一眼，她明白不該正面衝突，連忙收起講稿想離開。

「咦！這麼沒禮貌，招呼都不打一聲就想走啊？」斐恩身後的「丫鬟」輪流出聲道。

「早……早安。」默默咬牙說道，而斐恩則得意地笑了。在默默看來，斐恩不但家裏有錢、長得漂亮標緻，兩年多來一直蟬聯班長寶座，班上不管男生女生都很擁戴她。而從外表看來，斐恩真的也是個毫無瑕疵的女孩，今天她戴著時髦可愛的紫色大蝴蝶結髮飾來學校，才踏入教室的門，就引來無數同學熱烈討論。默默知道自己平凡無奇，根本不是她的對手。

「聽說今天輪到妳報告喔？真是期待耶！」斐恩看默默正要收好講稿，又是用力壓住紙稿，不讓默默如願。

「哦？我來看看，妳要講什麼題目啊？『少子化』？」斐恩噗哧一笑，高高揚起默默的講稿，秀給身後那群跟班們看。

「沒想到默默竟然挑了個難度頗高的講題啊？這個題目本來是我想講的，沒想到被阿緯老師指派給默默了。」

「什麼嘛！怎麼不安排給斐恩講呢？」跟班們附合。

默默只在心底祈禱這一切能趕快平息，於是住嘴不想反駁，她知道說得越多，錯得越多，只是給對方更多無情攻擊的機會。

「沒關係啦！反正我有更適合我的題目。」斐恩總算是把講稿還給默默，炫耀地說。

「我的講題是下週，討論化妝品。」

「好時尚喔！感覺就很適合斐恩。」跟班們繼續拍馬屁。

默默趕緊講稿，不想再聽這群煩人精一搭一唱，走出教室想找個安靜的角落練習。

「還好剛剛尼克沒有看到這一幕，不然大概又會跟斐恩和那群跟班吵起架了。」默默想起上次兩人的衝突，尼克被斐恩拉住耳朵，而尼克則掐住斐恩的手臂，搞得整班男生義憤填膺，全都氣尼克氣得牙癢癢的，而尼克則整整被罵了一整個星期。沒辦法，斐恩成績好，口才佳，長得又漂亮，老師同學都喜歡她。至於默默和尼克這樣的「邊緣人類」，還是別跟她們起衝突得好。

♪

社會課再五分鐘就要開始。默默努力熬到了下午第一節，心臟簡直要爆炸了，她這才想起自己尿急，慌慌張張地去上完洗手間，回到教室。

高壯但清秀、有著原住民血統俊美五官的班導師阿緯進了教室，班長斐恩笑瞇瞇地帶領同學對老師敬禮，阿緯老師也露出陽光的笑容回禮。

「各位同學好，我們今天的上課內容是先看一段老師準備的影片，然後請本週輪到的同學，上台做個人報告。」聽到「個人報告」四個字，默默又開始緊張了。她低頭想找講稿，這才發現講稿竟然少了一頁。

「奇怪，第六頁呢？」默默洋洋灑灑列了一堆重點，最後寫著「結論」的第六頁卻不見了，她翻了課本、資料夾、書包、抽屜，沒有就是沒有。

「剛剛去洗手間前，我明明還在讀的啊！怎麼會不見了？」

「可以安靜點嗎？在上課耶！」後座的男生不耐煩地警告默默，她尷尬地點點頭，眼睛已經泛出焦急的淚水。這時，一張紙條傳到默默的座位。原來，是坐在走道最後一排的尼克傳來的。

「怎麼啦？」紙條上溫柔地問著。

默默連忙寫下：「我的第六頁講稿不見了，剛剛明明收得好好的啊！」尼克看了看回傳的紙條，隨即露出擔憂的表情。默默連忙朝他揮了揮手，要他別衝動。雖然，默默心裡很明白，自己八成又被惡作劇了。

尼克幫不上忙，班上也沒什麼「盟友」，那就求人不如求己吧！默默勉強要自己鎮定下來，拿出紙筆，靠著回憶，把第六頁的內容默背出來。好在她記性還算好，雖然無法完整背出第六頁的原本內容，但經過一番折騰，至少默默已經把重點結論都寫到紙上了。默默才要喘口氣，沒想到阿緯老師已經叫到她的名字。

「接下來我們請葛瑷默同學上台，為我們分享本週她的整理報告。大家請鼓掌。」阿緯老師對默默露出一個鼓勵的眼神，但同學的掌聲響得七零八落，一點也不情願。只有最後排的尼克很捧場，一個人努力鼓掌。

默默僵著臉站起身，實在緊張到不行，從座位到講台的位置彷彿一公里那麼遠，她走了半天才站好。默默勉強深呼吸。

「各位同學好，我是座號二十四號的葛璦默……」

「說什麼廢話啊！班上還有人不認識妳嗎？」一個頑皮的男生故意打斷默默，她果真因為被打斷而不知所措了幾秒，但看到後排的尼克專注又充滿鼓舞的目光，默默知道自己並沒那麼孤單。

「好了，各位同學，請保持風度！讓報告的同學好好講完！」阿緯老師掛起粗框眼鏡，環視班上。

「如果有人蓄意吵鬧，老師會酌情扣分，並請吵鬧的同學下週追加一次報告喔！」有了老師幫忙穩定氣氛，默默再度緩緩開口，語氣顫抖。

「我……我今天要報告的題目是，『少子化』。『少子化』這個名稱……是國內……」

「聽不到！」後座又有同學在抱怨。

「默默的聲音跟蚊子在叫沒兩樣。」

「你聽不到？」尼克不滿地吼道。

「我怎麼聽得很清楚？」

「好了，同學們不要吵了。」阿緯老師嘆了口氣。

「默默的聲音的確有點小聲，請把麥克風拿得靠近嘴巴一些，背挺直，這樣講話的聲音也會比較有力氣喔！」

默默羞紅了臉，她才開口沒講幾個字，已經狀況連連。她稍微挺直駝背的身子，照阿緯老師的建議做完了頭幾段報告。其實，默默緊張得幾乎已經不知道自己在說什麼，全程只是低著頭唸稿，偶爾才抬起頭望向尼克與阿緯老師幾眼。至於班上同學們呢！早就紛紛露出不耐煩的神情，看漫畫的看漫畫、睡覺的睡覺、聊天的聊天、傳紙條的傳紙條，完全沒人把講台上心急如焚的默默放在眼裡。

「各位同學，老師對你們的表現太失望了。」阿緯老師突然高聲一喝，把一群同學全都嚇得回過神來。

「這是個民主社會，聆聽講台上的演講者，不但是一種尊重，也是一種禮貌，你們是希望老師讓你們罰抄課文囉？」

「這才像話！」尼克正要露出大快人心的笑容，突然又有甜美的聲音響了起來。

「嗯嗯！老師說得很對。」班長斐恩微笑地望向老師，又瞧瞧同學們，大眼睛一眨一眨的。

「從早上開始，我就看到默默同學非常認真在準備她的報告，雖然她沒辦法講得很好，不過大家也應該給她一點鼓勵嘛！」

「嗯！班長說得很對，給予同學鼓勵是很重要的。」

阿緯老師在一旁點頭，默默則對斐恩那矯揉造作的模樣感到很無奈。

「加油喔！默默同學。」斐恩露出一個超真誠的笑容。

「斐恩真有風度。」一旁的女生紛紛讚美道。默默已經對這種情況無話可說，也沒立場表示什麼。她憋住呼吸，繼續望向講稿。好不容易已經講到最後一頁的結論了，默默的腦筋打結狀況，竟有不錯的改善！

「那我們先來看結論第一點，台灣的專家應該仿照北歐國家……」可能是剛剛手寫出的草稿發揮作用，默默發現自己竟然能很快地說出重點，雖然細節解釋的部份，她仍說得支支吾吾，但隨著阿緯老師點頭的頻率越來越高，默默發現老師對她講的重點，頗為滿意。下台前，默默無意間與座位上的斐恩對望一眼，斐恩正撫弄著一頭長髮，眼神卻流露出一陣惡毒的寒氣。

這眼神除了默默之外，沒人看見，就算有人看見了，也不會相信斐恩有什麼惡意。因為她總是那麼優雅、漂亮，講話又得體大方。誰會去在意偶爾出現在斐恩臉上的陰霾呢？只有默默注意到了。她畏畏縮縮地走回位子上，總算完成報告的她，仍心有餘悸。這時，默默腦中出現一個可能性。

該不會那遺失的第六頁，跟斐恩有關係吧？

傾聽我說

第二章

傍晚的神祕電話

「絕對是斐恩偷走妳的講稿！」尼克高聲批判道。

「噓……」默默連忙要他安靜點。還好他們是在外掃區的操場上講話，四周一片鬧哄哄，沒人仔細聽他們說什麼。尼克與默默兩人抓著掃把，一面把外掃區的落葉掃乾淨，一面交換著意見。

「斐恩那傢伙，總有一天會露出狐狸尾巴的。」尼克繼續罵道。

「說真的，我也不曉得該怎麼辦，我們把國中的最後這學期唸完，平安畢業要緊。」默默語調平靜。

「唉！才剛開學，妳就說這麼喪氣的話。」尼克搖搖頭。

「不過……也是啦！我對我們班這種小人得志、宦官干政的狀態，也已經灰心了。」

「哈哈！尼克，你中文進步好多，還連用了兩個成語耶！」默默天真而開懷地笑了起來。

尼克也跟著微笑。

「當然囉！默默中文好，我就跟著中文好，以前我一句中文都說不好，作文也不會寫，都是妳教我的啊！」

默默被誇獎得有些害羞，只是搖搖手。

「我們是朋友，互相幫忙是應該的啦！」

「話說回來，默默啊！我覺得妳今天的報告，比預期的好很多耶！」尼克眼睛一亮。

「特別是結論的地方……」

「唉！尼克，我不想再討論我的報告啦……」

默默對自己的報告仍有千百個不滿意，只想草草結束這話題，想不到天不從人願，阿緯班導師竟然出現在外掃區。他滿臉親切，爽朗地用力揮著手，朝默默小跑步過來。

「默默，今天老師覺得妳的報告進步很多。」

「我就說吧！」尼克在　旁露出開心的微笑。

「老師想進一步跟妳討論一下妳的報告，放學後能到辦公室來嗎？」阿緯老師溫和的微笑，讓默默只好勉強點點頭。

「老師到底想跟我說什麼呢？」結束完外掃區的清掃與點名後，同學們忙著去上最後一節的社團活動。

默默選的社團是文靜有氣質的「讀書會」，在這裡，她沒有什麼壓力，和幾個愛看書的女孩子一起，又可以盡情享用圖書室的資源，讓她感覺很幸福。

時光匆匆，下課時間馬上就到了。默默也拎起書包，依依不捨地將書本歸還到書架上，找班導報到。

「嗨！璦默，來，坐下。」班導阿緯微笑著說。

看到老師輕柔地呼喚自己的本名，默默心底的緊張稍微消散了些。

「是這樣的……」阿緯老師認真地睜大鏡片後方的眼睛。

「老師找妳來，主要是想跟妳討論今天報告的事情。」

默默臉色鐵青，彷彿囚犯正等待法官判決。只見阿緯老師慢條斯理，繼續說下去。

「老師覺得妳這次表現進步很多！特別是結論，妳分作幾個小重點，一一說明，非常有力！」

默默簡直不敢相信自己的耳朵，看來尼克剛剛跟她說的是真的，她的確進步了……雖然只是微不足道的進步。

「雖然，一開始難免還是看得出妳很緊張，但是……老師認為妳其實滿有上台演說的潛力喔！」

「真的嗎……」默默不敢完全相信老好人阿緯老師的說法。

「是真的！璦默，妳得對自己更有信心。」阿緯老師眼睛發亮，繼續分析道：「其實演說是一種口頭表達能力，而寫作則是一種文字表達能力，這兩者之間是有相關的，老師帶了妳三年的作文，妳作文寫得很棒啊！表達能力是可以訓練的！何況，妳還是讀書會的成員吧！閱讀能力和寫作能力其實都很優秀的，不是嗎？」

默默被老師誇讚得瞬間臉紅，也楞住了。

「總之，以後妳試著把報告的內容寫成文字稿，用口語的方式謄寫一次、再用言語慢慢解說出來，一定會越來越進步的！妳要相信老師！」阿緯老師的眼中閃爍著教學的火花。

默默用力點頭，茅塞頓開。原來老師一直默默關注著自己，而且還如此肯定她的能力。原來，被肯定的感覺真的這麼好……

「其……其實，老師……我今天有擬大綱，因為，我的參考資料有一頁突然不見了，只好自己重寫一次。」默默吞吞吐吐地解釋今天發生的事情。

「哦！那就更說得通了！臨陣磨槍，不亮也光，人家說學習有『五到』，『眼到』、『口到』、『心到』、『手到』和『耳到』。」老師解說著。

「妳這是『手到』，用手把重點寫一次，又馬上上台報告，記憶力都還是新鮮的。看吧！我就說，作文好的孩子，口語表達是不會差到哪去的。」阿緯老師又是一陣柔聲鼓勵，讓默默心暖暖的，全身彷彿飄到雲端。

她惦記著阿緯老師的話，回家之後，馬上把老師的話寫進日記裡。

默默從以前就一直有寫日記的習慣，在日記中她可以盡情地宣洩所有在學校的委屈與不安，當然也會記錄下許多值得開心與期待的事情。經過年復一年的自我訓練，默默不但字寫得又快又好，更是文思泉湧。

不過，正當她振筆疾書，想將阿緯老師的鼓勵記錄下來時，擺在走廊的電話突然響了。

「喂？葛璦默，我是黃佳萍啦！」一個熟悉又陌生的聲音傳進耳裡。

默默想了一下，她上次跟這位個頭小又精明的女生講話，已經是半年前的事了吧！平常黃佳萍幾乎不跟她打照面。

默默心想，這次她打來大概沒好事。記得上次數學科展分組時，黃佳萍可是連看都不看默默一眼，直接要組員把她踢出去呢！

如今佳萍倒像個沒事人一樣，語氣親熱。

「璦默啊！這學期的學藝佈置競賽要開始了，妳要不要加入我們呀？妳一到三年級都沒參加過佈置競賽，想說讓妳來玩玩。佈置比賽都是負責班上教室的外牆，弄起來會很熱鬧喔！」

「這樣啊……」難得被邀請，默默倒是憂喜參半，一時間做不出決定。

佳萍連忙又語調明朗地解釋道：「我想說妳很文靜，應該滿適合這個佈置比賽的，而且我覺得妳應該會滿有責任感的……」

「真……真的嗎？」默默被稱讚得暈陶陶的，幾乎不認識佳萍口中這麼優秀的人。而佳萍只是繼續誇獎下去。

「我們都很希望妳來加入喔！」

大概是佳萍最後語帶溫暖的這句話，激起了默默的熱情。

「好，好啊……」默默有些不安又開心地說。

「那我加入，我加入佈置小組。」

佳萍開心無比，彷彿默默帶給她無窮的希望。

「哇！那太好了！我從女生的座號第一號開始打電話，一路打到妳，終於找到人加入啦！還是妳最好了！那明天見的時候，我再跟妳說細節喔！」

「嗯嗯！好……麻煩妳了。」

掛上電話，默默鬆了口氣。她不敢相信自己國中三年來一直想參加的學藝佈置小組，竟然在國三最後一個學期有了回應。

佈置競賽會將班上的外牆裝飾得美輪美奐，是個有趣又熱鬧的大工程。

「而且沒想到這次加入，還是被主動邀請的！今天真是我的好日子……」默默認為自己的決定沒錯。

「與其繼續在班上當個透明人，不如努力讓別人看見自己……」默默在日記中寫下這句話。

這晚，她睡得特別香。

♪

第二天，默默一早就梳洗整齊，綁著一如往常的優雅公主頭，戴上斯文的膠框眼鏡，想到今天佳萍要找她進佈置小組，默默還用心地在手提袋裡裝了美勞用具。

「哈囉！默默！」尼克騎著單車輕盈地溜過她身邊，在不遠處停了下來。「上來吧！我順便載妳去學校。」

「謝謝你，今天的確早點去比較好！」默默微笑地接受尼克一貫的善意，坐上腳踏車後座，她總是雙膝併攏，規矩端莊地把書包擺在裙子上。尼克穩穩地向前騎，也一面與默默談話。

「要我騎快點嗎？」

「哈哈！不用啦！一般速度就好。」

「那今天是有什麼活動嗎？」尼克輕盈地拐過小彎。

「怎麼突然要早點去？」

「我……被選進佈置小組了！」一向內斂的默默，也忍不住語帶興奮。

「昨晚黃佳萍打電話邀我的！」

「哦……那傢伙啊！」尼克立刻露出一個充滿防備的表情，不過默默沒注意到。

尼克想起默默很喜歡文書工作，美勞的天份也不差，更重要的是，默默進國中以來一直很想參加牆面佈置競賽小組，但卻因為人緣不夠好，往往不能如願。

別的女生總是排擠她，不希望她加入。

「那妳應該很高興吧！默默，看妳美勞文具都準備好了！」尼克故作輕鬆地說。而默默則露出一臉爽朗的微笑面對。

一進教室，昨晚打電話來的黃佳萍便把默默拉到旁邊，積極的態度中又帶著一些神祕。

默默很久沒被女生這麼親切地拉著說話，心底也不禁期待了起來。

「葛璦默……不好意思，有件事我先跟妳說一下。」佳萍語氣沒有昨晚甜蜜，神情也帶著一些緊繃。

「其實是這樣的，我因為要準備升學考試，所以最後一學期家人就不讓我參加佈置小組了。」

「哦……這樣啊！」默默很有耐心又理解地點點頭。

「那真是可惜。」

「哈！不會啦！」佳萍敷衍地笑笑。

「不過，我要告訴妳，目前要加入小組的組員只有妳和我，但是我已經要退出了，所以……接下來佈置小組就要麻煩妳了喔！」

「啊？」默默感到又疑惑又驚慌。

「什麼意思？」

「也就是說，這學期的佈置小組目前只有妳一個人啦！不好意思喔！」佳萍嘴上說抱歉，但眼神卻不斷飄向教室角落，似乎正在留意著誰的目光。

默默只是楞在原地。

「那……那我現在怎麼辦？」

「這樣很好啊！葛璦默，這樣妳就直接當組長了！是升官了啦！哈哈！」佳萍用力朝默默肩膀一拍。

「不過，招募組員的事情，也要麻煩妳了喔！」

默默感到晴天霹靂，面對接下來的壓力，她感覺自己好無奈、又不曉得該說什麼反駁或者拒絕，只能呆立在原地。

佳萍眼角的餘光持續飄向角落，默默這才發現，教室另一頭站著班長斐恩與她的跟班，正用一副看好戲的眼神望著這裡。

「我是覺得妳既然當了組長，就要負起責任啦！」佳萍一副指點迷津的模樣，悄聲說。

「等一下就是早自習了，妳趕快去問問班上還有誰要加入佈置小組……」

「我……我嗎？」

「當然啊！現在妳就是組長了喔！不然我們班這學期的佈置比賽，就會開天窗了耶！」佳萍沉著臉色，如此警告道。

默默傻在座位上，隨著下課鐘聲響起，她心中又是惶恐又是無助。再怎麼單純，她也該瞭解了，原來國三的最後學期，人人都在為課業與升學自危，原本搶手的佈置小組，如今早就沒有人要加入了。

「沒人要的缺，還說得這麼天花亂墜，騙妳加入！可惡！佳萍是想找妳當替死鬼！太小人了！」尼克氣得一拳捶在牆上。

默默的眼淚忍不住潰堤，既委屈又惶恐。萬一小組的人手招募不齊，班上的佈置活動就要開天窗了，這該怎麼辦？默默真的慌了，但是口才不好、人緣不佳的她，哪裡有辦法馬上找齊人手呢？

「黃佳萍這臭八婆，一定早就做好退出的準備，卻故意不告訴妳！」尼克氣呼呼地繼續分析著。

「昨天她根本是先把妳騙進組，再來就故意說要退出，讓妳為難！」

尼克的分析一點都沒錯，默默心知肚明，眼淚也不斷泫然墜落。

「啊！默默，不要哭了啦……」尼克看默默又委屈掉淚，心底也不好受。

「別哭啦！我會幫妳想辦法的，妳趕快去洗手間洗把臉吧！別讓別人看笑話了。」尼克的話雖然說得重，卻字字真誠。

默默抹掉眼淚，轉身往洗手間跑去，一路上，她感到好後悔。

「為什麼當初要相信黃佳萍的那通電話呢？」默默心想著，流淚奔進了洗手間。

第二章

班會驚魂記

默默進了洗手間，剛把隔間的門關上沒多久，外頭就匆匆傳來兩三個女生的腳步聲。

她們聚集在鏡子前，音量大到讓人不注意都難。

「妳今天也好漂亮喔！斐恩！」

「呵！還好囉！不過我今天戴了新手錶。」

「好看！」另外兩個女孩搶著回答。「很適合妳，很有氣質！」

默默吃了一驚，原來外頭那兩三個女孩正是班上的同學。其中一個聲音，很明顯的是黃佳萍。

當然，斐恩的聲音，默默也一定認得。

「佳萍，剛剛的事情，看妳好像搞定了。」斐恩語氣裡帶著試探。

「應該沒問題吧？」

「嗯嗯！當然囉！包在我身上準沒錯！嘻！」受到美女班長肯定的佳萍，顯然非常開心。

一頭霧水的默默，只聽見斐恩淡淡的笑聲。

「呵呵！就知道佳萍沒問題，我也是為妳好啦！我爸媽也說，國三下學期就是要為升高中做衝刺，像我也準備要申請美國的高中，所以把事情排開是好的。」

「謝謝斐恩替我著想！」佳萍聽起來很興奮。

「我也是想要好好唸書，像妳一樣能去美國唸高中，就太強了！」

「沒有啦！我也是有考慮台北的學校，總之，再看看囉！」斐恩語氣仍舊是自信而冷靜。

「不過……」另一個斐恩的女跟班問了：「佳萍啊！妳確定默默願意接佈置小組嗎？老師應該會覺得很奇怪，組長怎麼變成她了！」

「默默是老實人，要她做什麼她就乖乖去做，安啦！」佳萍豪爽卻輕薄的語氣，深深刺痛了默默的心。

「對喔！誰叫她是濫好人。哈哈……」跟班附合著。而默默好不容易止住的眼淚，再度奪眶而出。

她在洗手間的隔間裡奮力握拳，握得手心通紅，卻不知道自己該怎麼辦。她有種怒氣，想摔門而出，好好跟佳萍這群小人理論，可是，默默知道自己一定說不過那三張比她厲害的嘴。

「好不甘心……」默默氣得渾身發抖。

彷彿要替她解危似地，洗手間變得一片靜默，等默默回過神時，上課鐘聲蓋過了斐恩她們離去的腳步聲。而默默一直等了三分鐘，確定她們都走了，才慌慌張張地從廁所隔間出來。

「唉！又是斐恩想整我吧！我該怎麼辦呢？」心煩意亂的默默，低著頭走出洗手間，又氣又難過，同時也為早自習的結束感到慌張。

「糟糕，下午的小考都還沒複習……」默默顧著想心事，猛然撞上了某個迎面而來的人影。對方身上有淡淡的汗水氣息，是個戴著棒球帽的高壯男孩。

「嘿！小心喔！」對方只是輕輕這麼說。驚弓之鳥般的默默，連忙道歉，但等她與對方對上眼時，心跳卻彷彿少了一拍。

對方長得帥氣清秀，笑得很有禮貌，雖然忙著繼續走他的路，但他還是回頭望了默默一下，確定她沒被自己撞倒才走。

這一刻，默默才看清楚他的背影，那是三年七班的黎凱佑——學校的棒球校隊隊長。

身形挺拔的凱祐穿著棒球衣，背號四十一號，白褲子噴濺了一些練習場的紅土，但不減整體散發出的帥氣。

默默瞧著凱祐的背影，心頭小鹿亂撞。她真沒想到，自己會在一瞬間就與學校的明星球員這麼靠近。在球場上風靡眾人的凱祐，與平凡無奇的她，一向是不同世界的人才對。

「默默，妳跑哪去了？快進教室！上課了還不曉得？」副班長氣呼呼的聲音把默默喚回現實。

她連忙摸著鼻子跑回班上教室坐好。不過，今天的「豔遇」，倒是暫時緩解了默默被黃佳萍暗算的殺傷力。

默默發呆的次數比平常多了些，斐恩與佳萍在廁所時的對話，也沒有她想像中的讓她心煩。

中午時間，尼克帶著超大的飯盒與默默到草坪上享用。

「哪有人硬要把披薩帶來學校蒸的啦！」尼克自嘲地笑笑，逗趣地吞著披薩。

「都是我媽啦！一直叫我要拿來，請妳幫忙吃！」

「好啦！我會乖乖吃的。」尼克搞笑又活潑的模樣，逗得默默也笑了。

「吃吧！吃完才有力氣想佈置比賽的事情。」尼克踏實地說。

「唉……老實說，我們大可以也退出佈置小組……」默默說。她的眼神雖是無奈，卻也帶著幾分遲疑。

尼克知道，默默其實心裡仍有不甘心。於是，尼克抬高音調。

「真的嗎？妳真的想退出喔？」

「不然只有我們兩個組員，會很累啊！也會害到你。」默默嘆了口氣。

「嗯……」尼克大口啃著披薩。

「我是覺得，既然妳從國一開始就很想要參加佈置，這次也是妳的機會！給那些小人看看我們的厲害！」

「嗯……」默默搖擺不定。她知道，尼克說的都對。

反正最糟的情況，就是一直招募不到組員，而她和尼克得一肩挑起佈置工作……他們真的做得到嗎？或許會很累，不過，至少夥伴是尼克，而不是一些整天想找她麻煩的傢伙。

默默心念一轉，真覺得黃佳萍退出小組，也倒是一件好事。而看到尼克不願服輸的倔強模樣，也激起了她心中放手一搏的念頭。

默默站起身，大樹的綠蔭在她身上投映出清新的色調。

「尼克，我們就開始負責佈置吧！」默默堅定的語氣，讓尼克露出了坦然的微笑。

「好啊！默默當組長，我就當副組長，只要我們提早作業，也不會比別班慢多少吧！」

「嗯！」默默溫柔地笑了。

♪

然而，默默與尼克的苦難還沒結束。回到教室午休之後，班長斐恩把默默叫到教室外。斐恩那張美麗白皙的洋娃娃臉龐，此刻帶著很重的殺氣，讓默默越看越緊張。

「不要這種表情啦！好像我要欺負妳一樣。」斐恩先是客套地笑了笑，隨後便語氣強硬地說：「待會兒下午第一節課是班會，我特地幫妳留了點時間，妳記得上台報告有關佈置小組的事。」

「什麼……」默默頓時吃了一驚。

早上才被臨危授命為組長，卻突然要報告？不過，默默想斐恩大概也是好意居多，畢竟招募組員的動作還是有必要的……

只是，一想到還要上台「拉人」入組，默默真是擔憂。她在班上的人氣超低，每每遇到各種課程分組，默默都是沒人要選的那位，這種人出來拉組員，誰還願意理她呢？

又要等著出糗了！

「喂？妳有沒有在聽呀！我是為妳好耶！」斐恩伸手用力壓在默默肩上。

「那就這樣說定囉！等等我會讓妳上台的！妳就公開招募佈置小組的組員吧！」斐恩露齒一笑，轉頭就回到教室。與其說斐恩在「邀請」她上台，或者是在「幫忙」她，不如說是在「強迫」默默……可是，默默又不知道該怎麼回嘴。

整個午休時間，默默都毫無睡意，她慌了，只能拿出筆記本，預先替上台時的說法打打草稿。

「各位同學，我是佈置組的組長……啊！不對，這樣開頭不太好……」默默忙著抄抄寫寫，還引來風紀股長的臭臉。

「午休時間幹嘛不睡覺？萬一被糾察隊登記到，妳會害到我們全班！」風紀股長鐵青著臉警告道。

沒辦法寫東西，默默又焦慮得睡不著，只能一路捱到班會。

一到班會時間，班導阿緯總會坐鎮在後方的教師座位，靜靜地聆聽同學的會議流程，偶爾也補充幾句意見。

而當斐恩用親熱甜美的聲音呼喚默默上台時，默默更是腳步無力，臉色僵硬。

「大家要不要給新上任的佈置小組長一點掌聲呢？」斐恩露齒微笑，台下立刻響起一陣鞭炮般的鼓掌。

默默聽在耳裡，只是覺得更加無力。

「各位同學好……我是這學期佈置比賽的負責人，葛璦默……」

默默斷斷續續地說，額頭冒汗。

「因為……這學期大家都要準備升高中，很多人沒辦法，不過……還是希望大家可以加入佈置活動。」

「這學期有一堆比賽，還要升學，加入了有什麼好處啊？」台下的同學鼓噪起來，搞得默默一陣尷尬，不知道怎麼回應。

她多麼希望有個人來替她解解圍呀……明明人手已經不足了，底下又一堆同學在說風涼話，默默真是無助又無奈。

「希望大家踴躍參加，默默個性善良，文靜認真，相信能跟佈置的組員好好相處。」

班導阿緯親切地替默默背書道，沒想到台下的同學卻發出不以為然的竊竊私語，聽在默默耳裡更是尷尬。

「熱心參與班級事務的同學，老師也會給予獎勵和加分喔！」阿緯再度強調道。

默默忘記自己是怎麼走下台的，大概是像喪家犬一樣慌慌張張地逃回座位吧！想當然爾，並沒有人報名這次的佈置活動，組員依舊只有默默和尼克兩個人。

默默回到座位上，班長斐恩則繼續主持班會。

討論完值日生打掃問題之後，接下來的新議題是：一個月後的校內演講比賽。

「我們來推派代表參加吧！」斐恩露出甜美的笑容，環視班上。

「張韻如怎麼樣？」

「我現在都在補習小提琴，沒空。」

「李明翰呢？還是林偉安？」斐恩又微笑地點了幾個有演講經驗的同學。但他們馬上提出幾個理由，禮貌地拒絕了。

班上有人猛搖頭，有人事不關己，看來升學在即，大家對這種個人的校內活動已經興趣缺缺。默默發現斐恩的眼神突然向自己掃來，她瞬間警醒起來，但已經太遲了……

「那就提名葛璦默同學囉！」斐恩用輕鬆自在地語氣說道。

「她上次社會課表現得挺好的！」

此時，彷彿說好似的，台下先前被提名的幾個同學都微笑地鼓掌。斐恩趁勢高聲說：「哇！呼聲很高，那就提名葛璦默囉！」

默默轉頭與尼克互看，尼克也一臉疑惑，默默則是急得幾乎哭出來。

「等……等一下，我不行……」默默用蚊子叫的聲音勉強抵抗，但斐恩連看都不看一眼，只是滿臉微笑地在黑板寫下默默的名字。

「還有人要提名嗎？」副班長繼續問道。

台下的同學不太專心，也怕得罪人，因此不敢再多提名。

黑板上只剩兩個名字，一個是默默，一個是斐恩自己。

「嘻！我要先說喔！我真的很忙啦！最近都睡不好，事情太多了，可能沒辦法勝任，不然我可能會累到昏倒的。」斐恩輕柔地提醒了幾句，台下男生立刻發出心疼的聲音。

「唉！那還是不要準備演講比賽了，多累啊！」

「斐恩就算啦！當班長已經很忙了，別參加啦！」

默默緊張得如坐針氈，她壓根兒沒想到不擅言詞的自己，竟然會被提名參加演講比賽……最恐怖的是，兩分鐘後，班上同學不是投票棄權，就是把票投給了自己。

「哇！太好了！那就決定由葛璦默同學代表本班，參加演講比賽！」斐恩笑容滿面，衝著默默鼓掌，那表情卻像是在宣告著自己的勝利。

默默欲哭無淚，胃痛得幾乎要穿孔了。

「哦！這樣不錯，多讓些生面孔練習練習，代表我們班出去露露臉吧！」班導阿緯一臉爽朗地做了結論。

「默默之前社會課的演講也算有進步！」

「什麼『也算』有進步啊！誇獎得不乾不脆的……」尼克氣得碎碎唸道。「這根本就是變相的迫害嘛！」

阿緯老師當然沒注意到尼克與默默的反應，仍維持著喜悅又親切的笑容。

「哦！這段時間，大家要多給默默鼓勵啊！老師也會幫妳特訓的……別擔心。」默默喪氣地低著頭，勉強望了老師一眼。

老師眼底的天真與樂觀，簡直讓她無福消受。

「真想放棄……今天怎麼會這麼倒楣……」

第四章
美少年駕到

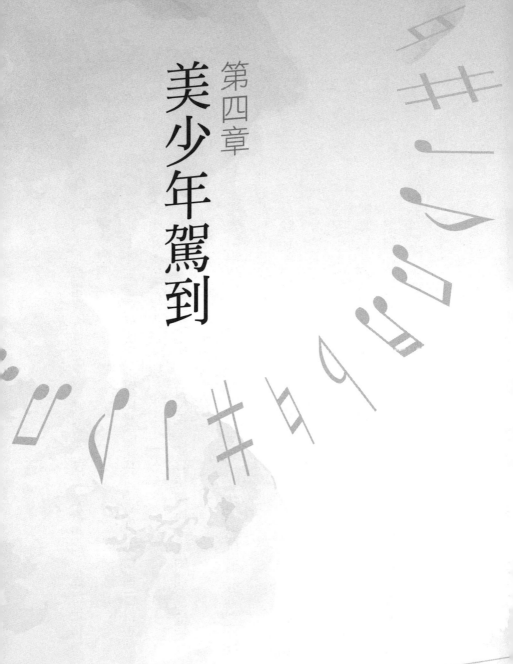

今天，兩個重責大任如手榴彈般猛然落在默默眼前，炸得她精力盡失，頭昏眼花。

「早上才知道自己成了佈置比賽的組長，下午又發現自己得去參加演講比賽……真是大禍臨頭。唉……」

默默走在放學的路上，心情很差，簡直想翹掉今晚的補習課程。

「加油啊！默默！」

過去半小時來，尼克已經很努力地安慰默默，都快詞窮了，這時他想起一句古文，連忙補上。

「默默，打起精神吧！『天將降大任於斯人也，必先苦其心志』……」

「唉……」

默默只是無精打采，駝著背走向黃昏的街道。

一想到心情這麼差，她根本沒心去補習班了，腸胃也不舒服，乾脆提早回家休息算了。

「尼克……我想回家了。」默默緩緩吐出這幾個字。

尼克緊張得牽著單車衝上來。

「咦？今天補的是妳最喜歡的作文耶！竟然說不想去……妳真的這麼不爽啊！」

默默有氣無力地點頭，與其說是不爽斐恩或佳萍，她更是氣自己。

她氣自己不會說話，不會跟人互動，就算被別人強勢地對待，根本也無法替自己出頭。

雖然尼克總在她被欺負時挺身而出，事後也會不斷怒罵別人替默默出氣，但默默心中那個無力的黑洞，卻是越來越大。等到回過神時，默默連呼吸都感覺到痛。

「妳沒事吧？看樣子真的不太妙，我先送妳回家吧！」尼克有點慌張，雖然補習的時間已經快來不及了，他仍飛快踩著腳踏車載默默回家。

下車時，默默回頭望著氣喘噓噓的尼克，對他感到很不好意思。

「尼克，對不起呀！又把你扯進來了，今天還害你得陪我，參加那什麼佈置小組……」往後默默與尼克不只要顧課業，大概還得留下來做壁報佈置，默默不僅委屈，更對尼克感到抱歉。不過，尼克望見默默無精打采的神情，卻爽快地露齒一笑。

「什麼嘛！我還以為妳要說什麼恐怖的事情呢！」尼克調過腳踏車龍頭。

「我們是好朋友，放心啦！佈置一定做得完的，我才不需要我們班那些雜魚來幫忙呢！妳和我一起做就夠啦！」

默默感動得說不出話。尼克冒著汗的臉龐既堅強又樂觀，雖然脾氣火爆了點，但他真的是個很可靠的傢伙。

「別想太多啦！默默，身體不舒服就要乖乖休息！啊……補習時間到了，先閃人囉！」尼克跳上單車揚長而去，面對默默的不擅言語，他並不在意，也不會期待默默對他說什麼感動又感謝的話。

「我都還沒謝謝你呢……」望著尼克騎進黃昏巷弄的身影，默默心中除了感謝與溫暖之外，也對自己的木訥感到有些困擾。

雖然尼克不會計較默默是否有道謝，不過，默默仍認為即時把自己的謝意傳給對方，是很重要的一件事。

默默低頭揹好書包，走上家門的階梯，經過這漫長的一天，總算可以休息了。

不過，默默一進門卻發現，走廊上滿滿的是巨大紙箱與行李箱。客廳內傳來誇張的低沉笑聲。

不妙，有個不速之客來了！

客廳裡，默默的媽媽正與那名客人有說有笑，對方個性活潑，三言兩語，便讓憋在家裡一整天的媽媽眉飛色舞。

「哈哈哈！妳真的太妙了！」個性內斂的媽媽竟然笑得拍起手，默默想都不用想就知道對方是誰。

這個人跟她一向是童年的冤家……每逢過年過節回奶奶家遇見這個傢伙，默默必定受氣。

她緊張地深呼吸，悄悄走進客廳。

對方的背影跟默默記憶中的樣子已經有點不同，超級短髮配上耳環，加上瘦削的背影、男性化的黑色襯衫，瞧起來竟像個美少年。

「哦！默默啊？回家也不打招呼！」媽媽笑著說。

默默緊張地打量這個穿著像個美少年的堂姊，心中充滿疑惑，怎麼跟前幾年見到的樣子不太一樣？而且，堂姊看她的眼神也變得和善多了。

「的確是堂姊沒錯。」默默望著熟悉的五官。

原本她印象中的堂姊是個超愛欺負人的小胖妹，如今卻穿著這種帥氣中性的打扮，在路上不曉得會吸引多少少女的目光呢？

「嗨！默默。我是碧文啦！認不出來啦？」碧文堂姊看默默吞吞吐吐的模樣，索性爽快一笑。

「哦……碧文堂姊好。」默默仍不太相信，眼前這個穿著高中制服的「帥哥」，竟是當年老愛欺負她的小胖妹？

「這麼驚訝啊？表情都寫在臉上了，哈哈！」其實，堂姊的低沉嗓音，默默一直都記得，剛剛一進門聽到她的聲音，默默也很快地就想起來了。

媽媽拍了拍默默的肩膀。

「別一直盯著堂姊看，失禮喔！哈！剛剛妳進來前，堂姊跟我說了很多有趣的事情……」

「沒有啦！哪裡有趣了，都很無聊啦！是您不嫌棄啦！」碧文笑了笑。

默默轉頭望著堆滿走廊的宅急便紙箱與行李箱，正在盤算要怎麼開口，堂姊就自己解釋了起來。

「默默，不好意思啊！我今天開始要在妳家住一陣子，因為妳爸媽是我新的監護人。」堂姊還傾著瘦瘦的身軀鞠了個躬。

「要麻煩妳多多照顧囉！」

默默愣住了。

她是獨生女，從以前就不擅長和別人相處，更別說和這位小時候欺負過她的堂姊共處一屋了！

媽媽看見默默的表情，連忙解釋道：「唉呀！別對客人這種態度。這孩子雖然不會說話，倒是想什麼都直接寫在臉上。」媽媽甚至一副對堂姊很抱歉的模樣，而堂姊也得體又溫柔地揮了揮手。

「唉呀！沒什麼，默默文靜的個性很好啊！很有氣質！」

「哈哈！妳真會說話……」媽媽又被堂姊短短的幾句話取悅，眼睛都笑瞇了。

看在默默眼底，堂姊碧文身上簡直是有什麼神奇的魔法。默默望著堂姊的嘴巴，聽著堂姊明朗又流暢的說話聲調，不，這魔法不是從堂姊身上散發出的，是從她嘴巴的每字每句開始的。

堂姊很會說話，默默正式注意到了這件事。她說出的話機智明朗又逗趣，流暢得像是讓人身心愉快的瀑布。

「阿嬸，那為了禮貌起見，我先把我為什麼搬到這裡來的原因，好好向默默說明吧！這也是表示尊重。」堂姊有條不紊地說。

「哦！妳確定要現在說明嗎？」媽媽有些擔憂，臉上神情複雜。

「阿嬸，就由我跟她說吧！這樣也比較直接，謝謝您，我沒事的。」

聽了這段對話，默默只是更加好奇，而堂姊正經而不失條理的語調，也有一種溫和的力量，讓她竟然自動乖乖在沙發前坐好。

「其實，默默……我爸媽，也就是妳的大伯大嬸，都被診斷出初期癌症，現在兩個人在美國親戚的幫助下，一起去加州治療了。」

「哦……」默默震驚之餘，試圖想說些安慰或者緩和的話，但卻尷尬得不知道該如何表達。

她怕萬一說錯話，腦子已經轉了幾圈，就是說不出口。

媽媽認定默默這樣沒有禮貌，因此瞪了她一眼。

「真是沒教養的孩子……至少也該說個『請大伯大嬸保重』這樣的話吧！都要升高中了，還這麼遲鈍！」

「嬸嬸沒關係啦！」碧文再度出口，溫馨地替默默解圍。

「默默，我爸媽的健康應該是可以控制住啦！他們只是換個環境休養。因為我未達獨立的法定年齡需要監護人，所以這幾個月暫時搬來妳家住，也請多多擔待囉！」碧文說完還微微鞠躬，談吐流暢，又不失禮貌。

「以前那個老愛欺負人的小胖妹去哪了？」默默心想。

「嗯！歡迎堂姊。」默默語氣彆扭，勉強回應道。

「媽，我有點累，先上去躺一下喔！」默默想起今天學校發生的事情，頭和胃又分別痛了起來。

她虛弱地起身，拿著書包走上樓。媽媽和堂姊碧文一路在後頭看著，面面相覷。

「默默好像有點沒精神啊！」碧文問。

「平常就已經很安靜了，今天感覺更沒精神了，不曉得心裡在想什麼。」她們的對話雖然沒惡意，聽在默默耳裡卻很淒涼。

默默把書包放到房間架上，倒頭躲進被窩。

半夢半醒間，她聽見樓下的腳步聲不斷走到樓上客房，想必是堂姊碧文在搬行李吧！瞧她把一堆家當都帶來了，到底要待多久呢？白天在學校要面對班上那群女生，晚上回家又要跟堂姊住在同個屋簷下，真是讓人煩悶。

就在默默半夢半醒之際，時針已經過了九點。媽媽在樓梯口氣急敗壞地喊默默起床吃晚餐。

「我身體不舒服！」

「怎麼突然不舒服？要不要喝點水？」媽媽倒是緊張了，連忙拿了熱開水進房門。

此時，默默房外的電話響了。

「喂？」媽媽怕吵到默默，連忙接起電話，語氣卻顯得很驚訝。

「哦……好的……默默，有人找妳。」

「誰啊？」默默不耐煩地想縮回棉被裡。

「是妳們班長。」

一聽到是斐恩，默默翻了翻白眼，連忙搖手，只差沒躲回被子裡。

「不好意思，她不方便講電話。」媽媽對著話筒說：「能等明天到學校再說嗎？嗯！好。掰掰。」

默默喝了溫開水，勉強將不爽的心情按捺下來。

「她打來幹嘛？」

「說是要跟妳講佈置小組的事情，她說她想加入佈置小組。」

「我才不相信！」默默不以為然。

「什麼啊？」媽媽一頭霧水。

「妳這彆扭的孩子，到底為什麼氣成這樣？妳不說的話，媽媽是不會知道的，說吧！」媽媽溫柔地在默默的床邊坐下，眼神專注地望著默默。

默默一向嫻靜的神態早已不見，取而代之的是滿臉的焦躁與怒氣。

「我們班長早上才陷害我，害我當了佈置組組長，把我搞得壓力好大，她和她的跟班卻自己退出，現在又打電話來說要加入，神經病啊！」默默連珠砲地罵道，媽媽的表情也從疑惑轉為哈哈大笑。

「唉呀！我的女兒竟然氣到罵人，這還真是罕見哪！嘻嘻……」媽媽淘氣地拍著默默的肩。

「早就叫妳有話要說出來，跟家人分享分享……」

默默嘆了口氣，雖有種被看穿的感覺，心裡卻也覺得舒坦了些。

「不過，我聽不太懂耶！什麼叫做班長陷害妳？」媽媽天真地睜大眼睛。

「難道在學校發生什麼嚴重的事情了？」

默默原本想回答「說來話長」，但看到媽媽擔憂的神情，自己此刻心底又煩悶，實在不想解釋太多。

如果把國一到國三的恩怨全部說出來的話，媽媽一定會很擔心，都最後一學期了，忍忍吧！反正，畢業後也不用看到這些人了。

默默心念一轉，勉強對媽媽露出微笑。

「沒什麼啦！只是朋友吵吵架……我會自己解決的。」

「真的嗎……」媽媽正要繼續問，門外傳來堂姊碧文的聲音。

「嬸嬸，不好意思，請問您這裡有新毛巾可以借我用嗎？」

「哦哦！馬上來！」

眼看碧文轉移了媽媽的注意力，默默也鬆了口氣。

雖然不曉得斐恩明天又要給她找什麼麻煩，但默默已經做好面對一切的心理準備了。

傾聽我說

第五章
斐恩的變卦

一早，默默拎著書包出門，穿著新制服的堂姊碧文笑容滿面地追了上來。

「嘿！默默，一起走吧！我的高中也在妳們學校不遠！」

對於開朗又親切的碧文，默默感到很難應付，她覺得堂姊很煩，又不知道該如何回應，正在詞窮之際，堂姊的手已經熱情地勾住默默。

「默默，昨天晚上我英雄救美的表現，妳還滿意吧？」

「什麼？」

碧文笑著解釋道：「昨天啊！妳和妳媽媽不是在聊一件讓妳不開心的事情嗎？她一直在問學校的事情，妳又不想回答，我在門外碰巧聽到了，就順勢把妳媽媽叫走囉！」

原來昨晚的對話，碧文都聽見了。才剛到這裡借住，就偷聽別人的對話？默默感覺隱私權被侵犯，頓時又氣了起來。

「唉呀！又在生悶氣囉？」碧文換了個正經誠懇的語氣。

「也是啦！偷聽妳們講話的確是我不對，不過我本來就想跟妳媽媽講話，才不小心聽到……別氣啦！畢竟我也幫妳解圍啦！」

默默心裡清楚，碧文大概是沒惡意，而她昨天把媽媽支開，也的確讓自己省了不少麻煩呢！

就在默默試圖把碧文的行為解釋為好意之後，碧文帶著特別認真的表情，站到默默前方。

堂姊妹倆停下腳步，在大街上面對面。

「默默，有一件事我還沒跟妳道歉，以前我小時候常對妳大小聲，又故意打妳，真的很抱歉。」碧文還深深地鞠了個九十度的躬，把默默弄得驚訝又尷尬。

「妳……不用在外面這樣啦！」

「不，有些事情一定要說清楚，該道歉就要道歉，小時候我不懂事，現在都唸高中了，不能再這樣了。」碧文抬起臉，表情嚴肅，語氣沉穩。

「我真的欠妳一個抱歉，對不起。」

「嗯……好啦！」默默為了趕快再度邁開腳步上學，有些敷衍地答著。碧文露出男孩子氣的笑容，配上她那頭俏麗短髮，模樣真像個陽光少年。

「謝謝默默，妳肯原諒我就好！」

「嗯……都很久以前的事了。」默默正低頭想走，碧文卻猛然抓住她的手腕。

「怎……又怎麼了？」這個堂姊到底要做什麼？

只見碧文眼中流露著一絲擔憂，方才正經八百的模樣再度回到臉上。

「默默，我是想問……妳……是不是在學校被欺負了？」

默默彷彿全身被雷劈中般，動彈不得，連個聲音都發不出來。

「怎麼了？」碧文瞪大眼睛。「是不是真的有人欺負妳呀？」

欺負？默默不知道自己這樣算不算被欺負？應該也還好吧？不過，斐恩和接踵而來的演講比賽、佈置比賽，的確給她身心帶來好大的壓力。

默默正思考該怎麼回答堂姊，堂姊就摸了摸她的頭。

「嗯！我是看妳常常心不在焉，又壓力很大的樣子……反正，有事的話，隨時來找我商量喔！我有對策的。」

大概是怕默默難堪，堂姊輕描淡寫地帶過這段對話，逕自往前走。兩人一路都沒有再說話，直到默默的學校近在眼前，堂姊主動和她說了聲「掰掰」才離去。

「什麼嘛……突然跟我道歉，又問我是不是被欺負，堂姊真奇怪。」默默難以理解堂姊為什麼突然那麼熱心，但她知道，此刻的堂姊倒還挺有姊姊的溫馨風範，也挺中用的。默默一直是家中的獨生女，難得有同輩的年輕人願意關心她，這感覺倒也不壞。才剛想完堂姊的事情，耳邊便傳來熟悉的呼喊。

「默默！哈囉！」陽剛又帶點英文腔調，默默回過頭，這聲音不用猜都知道是尼克。

「嗨！尼克。」

「妳身體好點了吧？我今天本來要騎車去載妳，但睡過頭啦，Sorry！」尼克道歉著，莽撞又熱血地騎著單車，緊急把車子煞在默默身邊。

「上來吧！我載妳到校門口。」

「不用啦！過個馬路就到了……」默默苦笑道。這還是她今天第一次不自覺地笑呢！而尼克看到她恢復精神的模樣，神情也放鬆不少。

「今天也一起加油吧！默默！管他什麼佈置、演講的，走就對啦！」尼克直爽的語氣讓默默也不禁開朗起來，他們相視而笑，一起穿過教學大樓準備進教室。

頭戴珠寶髮飾的斐恩，正站在教室門口東張西望，雖然一看就是個身形優美的大美女，但臉上卻掛著讓人不寒而慄的緊繃表情。

「哼！臭婆娘又想幹嘛？」尼克防備地說。

此時，斐恩已經快步朝默默走來。擺明就是衝著默默來的，一想起昨晚斐恩打來的電話，默默更是腦中如白紙般空蕩蕩，又不知道該做何反應。

「昨天我有打給妳。」斐恩笑呵呵地說，但大眼睛裡卻閃爍著一絲責備之意，肯定是在怪默默沒回撥給她。

「嗯……」默默索性直接問了：「妳……妳有什麼事？」

「哈哈！也沒什麼事啦！」斐恩笑著嘟起櫻桃小口。

「就是……想請妳這個佈置組長，讓我代表妳去開會！」

「開會？開什麼會？」默默一頭霧水。

尼克則在一旁皺起眉頭。

「今天午休有幹部會議，是召集各班的佈置組長去開會。不過，我怕妳午休沒睡太累，就由我來代替妳去吧！」斐恩一副超級好心的模樣，字句鏗鏘有力。

「等等，妳不要看默默好說話，妳到底在安什麼心？」尼克認為事情不對勁，一個箭步走上來。

斐恩見狀雖是防備地往旁邊退，但臉上再度堆起笑容。

「嘻！我這個班長也想幫忙分擔默默的工作嘛！雖然我不是佈置組的，不過偶爾遇到開會也可以讓我去，我可以幫忙。」

尼克與默默面面相覷，實在不知道斐恩想打什麼主意。要一群國三生在午休時間去開會，的確是個有點累人的差事。

尼克沒別的想法，只是用眼神暗示著默默自己決定。

默默瞧著尼克，又轉頭打量斐恩，此時的斐恩露出甜得像蜂蜜般的笑容，彷彿在等待默默的答應。

「我……我是組長，所以，我去開會就好。」默默的語氣仍舊跟往常一樣不太流暢，但眼神卻流露出難得一見的堅定。

斐恩立刻換了個臉色。

「什麼啊？虧我還那麼好心替妳想，說要代替妳去！妳別敬酒不吃，吃罰酒喔！」

看見斐恩兇人，尼克也沉不住氣了。

「等等，妳是班長，所以就要聽妳的嗎？默默才是佈置組的組長吧！這種事情不需要妳假好心來插手！」被比自己高一個頭的男生如此罵道，斐恩氣得漲紅了臉，優雅的身段完全消失。

「你有什麼資格說我假好心啊？我明明就是想幫默默分擔工作耶！」

「妳又不加入佈置組，卻突然說要幫忙開會，本來就很奇怪啊！」尼克認為自己只是說出事實，當然要據理力爭。此時班上的同學已經聽到爭執聲，紛紛跑出來看。

「班長妳沒事吧？」

「發生什麼事了？斐恩，尼克又欺負妳囉？」

斐恩突然把頭一低，任憑秀髮遮住臉上表情，雙手也隨之摀住臉。

「嗚……嗚……我只是想幫忙……」

「班長……班長妳怎麼哭了啊？喂！尼克你幹了什麼好事！」班上男生群情激憤，女孩們也紛紛破口大罵。

「一定是尼克的暴力傾向又出來了，剛剛還對斐恩罵很難聽的話……」

「默默，妳就這樣讓尼克欺負斐恩喔？女生不挺女生，要不要臉啊！」同學們連默默也罵了下去。

尼克瞪大眼睛。

「沒搞清楚不要亂罵，臭八婆！」

「你才是美國豬啦！美國回來的了不起啊！」

女生們轉而攻擊尼克的出身。這不僅是刻意羞辱，更是觸怒了尼克。

「不要動手……尼克。」默默緊抓著尼克的手臂，怕他揮拳傷到人。同一時間，她自己也委屈得掉下眼淚，卻不知道該怎麼辯解。

尼克繼續想高聲解釋，卻被其他男生動手壓住。默默眼前的同學們，頓時成為一頭頭失控的野獸，全把矛頭對準他們叫囂。

「現在……該怎麼辦……我要說什麼，才能表達我自己？」默默憤怒又無助，全身發抖。

她試著想說明事情的來龍去脈，但大家不但不聽，反而出手推擠尼克，種種混亂的局面使得默默更加不知所措，原本腦中努力組織出的字句，也隨被憤怒的人群一一打散。

所幸班導師阿緯聽到騷動，趕來制止。訓導主任則是氣呼呼地吹著哨子，高頻的哨聲總算讓吵架的人群安靜下來。

「你們都給我冷靜！安靜！不然我全數記過！」主任吼道。

默默抓著尼克，全身害怕得顫抖。這群不明就裡紛紛指責他們的同學，讓她感到惶恐，訓導主任與班導阿緯的怒氣也嚇到她了，但讓默默感到害怕的，還是她自己。

因為她什麼也不說——既不敢說、更不會表達，種種安靜且逆來順受的行徑，只是讓同學們更加暴躁氣憤，甚至把矛頭對準她最要好的朋友尼克。

望著尼克被訓導主任帶走時的孤單身影，默默的眼淚也潰了堤。尼克雖然被主任帶走，但仍不放心地轉過頭望向班上的方向，似乎還在擔心默默。

他的臉上當然有疲憊與憤怒，但更寫滿了無奈和無助。

「如果……如果我可以做點什麼就好了……」默默坐回座位，雙手抓住制服裙擺。

「如果，我能更會講話、更知道怎麼應付這些人……該有多好……」

隔壁班的同學聽到騷亂，早已幸災樂禍地跑來看熱鬧。

「哈！妳們班剛剛在幹嘛啊？好瘋狂喔！」

「沒有啦！就我們班長被班上的美國流氓欺負啦！」

「哦哦！那個很高很壯，從美國回來的喔？」

「他以為他在演電影喔！動不動就那麼激動，我們班長差點被打耶！」聽到同學們對尼克的譏笑嘲弄，加上種種不實的指控，默默奮力地站起身。她快速而安靜地挨近那群說閒話的同學，冷冷地看著他們。

雖然說不出什麼聰明話來幫尼克辯解，但默默難得翻臉的模樣，卻也帶著不小的震撼作用。

「妳幹什麼？」同學們被默默冷峻又強勢的模樣嚇到了，頓時靜了下來。而默默也沒打算回到座位，而是在深呼吸之後，快速離開教室，前往訓導處。就算結巴又不擅表達，她也要說出真相，幫助被誤會的尼克！

默默邁著穩定的步伐，獨自走過寂靜的走廊。

訓導處的位置在行政大樓，很少擔任幹部的她，一向沒有膽量與心情接近這裡。然而，一想到總是與她共進退的尼克，默默心中就慢慢漲起不甘心的情緒，步伐也越來越快。

此時的默默，還不曉得，她的生活即將激起翻天覆地的變化。

傾聽我說

第六章

請聽我說

訓導處的行政人員帶默默到主任辦公室。裡頭很平靜，只聽得到冷氣機運轉和主任問話的聲音。

默默敲了敲門，椅子上的尼克轉過頭驚訝地望著她。

「妳怎麼來了？他們沒有再罵妳了吧？」

「我要來……說明剛剛發生的事。」雖然仍很緊張，但默默試著一字一句把話說清楚。

不擅言詞、又第一次進到訓導處的她，文靜的小臉漲紅著，心臟也狂跳，眼鏡鏡片下的眼神卻真誠而堅毅。

「訓導主任，請……請聽我說。」

「就聽我們班上的孩子怎麼說吧！」導師阿緯看了，雙眼也流露出憐惜之情。

「嗯……剛剛，原本是班長斐恩找我談話，尼克也只是在旁邊聽……」默默決定就算用蝸牛拉車的速度，也要把話說完。

說也奇怪，當她試著把句子放慢時，一切都容易多了。

這裡只有長輩與尼克，沒有那些老是吵鬧打斷她的同學，默默即使口吃也不會被譏笑。

總算聽完了默默的陳情，訓導主任看看剛直憤慨的尼克，又瞧瞧氣質嫻靜的默默。最後，主任收斂住原本的怒色，換回稀鬆平常的語氣說道：「看來這件事，可能是誤會你們了。班上同學吵架在所難免，只是你們千萬要記得，有事情要找師長回報，不要私下解決，用語言暴力、肢體暴力都很不好。」

尼克正想回答：「我本來就知道！」

默默卻充滿默契地輕拉住他的袖子，與他交換了一個眼神。

「嗯……」尼克知道多說無益，便閉上了嘴，等主任訓話叮嚀完，便與默默相偕走出訓導處。

「啊！天空真藍！」危機解除，尼克在走廊上伸著懶腰，粗神經的模樣讓默默看了也不禁笑出來。

默默微笑的原因，也有一部份是因為替自己感到開心。

她露出坦然的微笑，鏡片後的雙眼也炯炯有神。

「原來，自己說的話被傾聽，感覺是這麼地好！」

「是啊！還好有默默來救我。」尼克語氣調皮，但眼神卻澄澈而認真。

「平常啊……默默話太少了，其實妳口才很好啊……」

「別笑我了……」

「真的……而且，很謝謝妳來幫我。」尼克輕輕拍了拍默默纖細的肩膀。他與默默就像是黑熊與白兔般並肩走在校園。

尼克壯碩高大、膚色黝黑，默默則細緻白皙、個頭嬌小，即使身高相差很多，個性也一熱一冷，卻是無話不談的朋友。

像今天這樣，即使被班上同學誤解辱罵，尼克與默默也體會到彼此扶持的溫馨感受。因此，即使回班上之後還得遭受同學們的酸言酸語，尼克也不那麼生氣了。

對他來說，默默寧靜而勇敢的應對，反而給了尼克不少穩定的力量。

就這樣一直到了午休時間，尼克以佈置小組的副組長身份，陪同默默去開會。

「哼！剛剛從教室出來時，斐恩那臭婆娘一直在瞪我們呢！」尼克爽快一笑。

「她好像很想來開這個會議，不知道在安什麼心。」

「我也不知道。」默默苦笑地搖搖頭，她不想猜測斐恩高深莫測的想法，只是把心情專注在即將參加的會議上頭。

會議室位在行政大樓頂樓，涼爽的冷氣呼呼的吹著。

從國一到國三，每個班級的代表都來了，讓學校的會議室好不熱鬧。

不過，尼克與默默在學校一向低調度日，也沒什麼好人緣，自然找了個不顯眼的位置坐下。

會議很快地開始。

「各位同學，相信大家的班導師都有提過了，這次的班級佈置比賽，將採用分組的方式進行……與往年每個班級互比的形式，很不一樣。」

眾人譁然，默默和尼克倒是沒聽過新賽制，全都緊張地豎起耳朵。

主任鎮住大家的秩序後，再度緩緩開口。

「新的比賽方式是每個年級、各拆成八組比賽。因為聽說今年的佈置幹部人手都變少，學校為了不讓各位同學的工作量太大，就將不同的班級『併組』進行比賽。」主任言下之意，是每個班級的小組，將和別班一起合併成一個大組。

也就是說，尼克與默默將和其他班的同學一起合作。

「舉例來說，三年一班會和二班併組，三班和四班併組。所以，每個年級一共有八組來比賽，每個班級都會和別班一起合作。」主任說完還露出沾沾自喜的微笑。

「這是家長會和校務人員共同的決定，各位同學如果不想參加，也可以棄權退賽……」

「幹嘛退賽？」尼克恍然大悟地笑了。

「和別班併組的話，這樣我和默默的人手又增加了呢！」

默默開心地點頭，也覺得這是個好主意。

會議開完之後，尼克和默默所屬的「三年八班」，確定與「三年七班」合併。

「啊！我們先去跟三年七班的人打聲招呼吧！今後就要一起合作佈置比賽了！」大方的尼克如此提議道。

內向的默默正在盤算，眼前卻來了個讓她開心不已的人影。

「嗨！」對方戴著棒球帽，臉上掛著有些疲憊卻陽光的微笑，一身棒球衣帽，顯然是剛練習完就來開會的。

默默和尼克認出他了。

「我是七班的黎凱祐。」

「哦哦……我們聽過你耶！從國一就聽過了，哈！」尼克看見大名鼎鼎的校隊隊長，也不禁露出榮幸的表情。

「我們是八班的謝翼民和葛璦默，叫我們尼克和默默就好。」

還好有尼克在一旁自我介紹，才不至於冷場。

默默的臉頓時紅到耳根，想說什麼也完全忘了，甚至不好意思直視凱祐的臉龐。

「妳怎麼都不講話，也不看著對方？這樣很沒禮貌耶！」

「我……」默默怕尼克發現自己臉上的紅暈，只是繼續低著頭。

尼克對於默默的反常行為完全不了解，他依舊是個遲鈍的護花使者，陪默默走回教室。

而默默的心中，起了一陣興奮又害臊的漣漪。

此時，身邊的尼克卻像發現新大陸般，激動地叫了出來。

「啊！我知道怎麼一回事了！」

「什……什麼？」默默以為自己的少女心事被看穿，緊張地抬起頭。

「斐恩啊！」尼克表情氣呼呼的。

「我終於知道早上斐恩為什麼那麼積極，說要幫我們去開會，還惱羞成怒了！」

默默還不明白尼克的意思，此時，他們已經快走回八班教室了。

這時只見原本應該還在午睡的斐恩，帶了一兩個幹部等在教室門口。斐恩的模樣坐立難安，一臉浮躁。

默默很少看到她這個樣子。

「葛璦默，開會開得怎麼樣啦？」斐恩刻意露出友善的笑容。

「有宣佈什麼事情嗎？」

「嗯！很多事情啦！」尼克搶先幫默默回答，匆匆拉了默默就要進教室。

「等等，我是班長。」斐恩擋在門口。

「你們不覺得開會完應該要主動跟我報告開會的內容嗎？」

「為什麼要主動告訴妳？又不急！下週班會再說吧！」尼克的態度強硬，默默也搞不清楚他怎麼突然又生氣起來，難道……

「我早就識破妳的詭計了！」尼克咆哮道。

「我只是想給妳這個臭三八留點面子……」

「尼克又罵人了啦！」斐恩的兩個女跟班尖聲叫了起來，吵醒了班上午睡的同學，大家又紛紛跳起來看熱鬧。

「尼克你怎麼一天到晚惹事啊？態度超爛的！」其他同學再度指責尼克，眼看尼克又要跟同學們吵起架，默默連忙抓住他的手，想回

「哦！尼克，你好，你是組長嗎？」凱祐禮貌地笑笑。

「我是七班的組長。」

「我們班的組長是她。喂！默默。」尼克用力撞了撞默默的肩膀，將她瞬間撞回神。

默默勉強抬起頭，望著凱祐充滿好奇的目光，她什麼話都說不出來，只是點了點頭。

「因為這次七班和八班併組一起比賽，所以往後還要請你們多多幫忙囉！」凱祐瞧向害羞的默默，又望著尼克，露出一口白齒笑著。

「哦哦！沒問題。」尼克一面覺得默默好奇怪，怎麼都不說話，一面對凱祐禮貌微笑。

「也許之後我們可以一起開個會。」

「好啊！不然放學後一起去喝杯飲料，聊看看佈置比賽有什麼想法。」凱祐又望向默默，這次默默已經整個人慌忙躲到尼克碩大的背後。

「剛剛妳到底在做什麼？」凱祐走後，尼克埋怨地瞪著默默。

到座位。

她真的受夠尼克和斐恩之間的口角了，雖然默默明白尼克罵人是為了保護她，但是，難道沒有更聰明、更好的辦法了嗎？

這個疑問，一直存在默默的心底，揮之不去。

♪

經過了混亂的一天，尼克和默默完成了補習班的學業。說真的，每當放學一離開學校，他們的心情總是輕鬆許多。

讀國中的這兩三年來，尼克和默默經常被排擠、誤會、引起爭吵，他們真的疲於應付了。

特別是默默，每當看到尼克為了保護自己，被班上同學群起攻之，甚至被罰留校察看，默默總是感覺到心酸又無力。

如果她能更會說話、更會解釋，或許事情就不會那麼糟了。這個想法今天在默默的心中不斷醞釀，似乎已經到了發芽的階段。而尼克今天被叫去訓導處之後，默默的態度也隨之轉為堅強、強硬。

今天她甚至還對班上同學嗆聲，要他們不可污辱尼克，這還是她第一次敢這麼「大膽」。

「唉！又是累人的一天……今天也發生太多事了。」一向多話的尼克，在返家的路上，也不斷地說話鼓勵默默。

「默默，妳別被斐恩那臭婆娘嚇到了，她就是愛整妳，妳一定要把佈置比賽做好，也要認真準備演講比賽，好好給她下馬威喔！」

尼克的鼓勵聽起來熱血又溫暖，默默不禁露出感動的微笑。

「嗯……謝謝尼克，至少……還有你當我的朋友。」

「哈！我會害羞啦！不要再謝我了！」尼克尷尬地擺了擺手，隨後眼睛一亮。

「啊啊！對了，我剛才話還沒說完，我好像抓到斐恩的小辮子啦！」

「咦？真的嗎？」

「當然囉！」尼克驕傲地點點頭。

「妳想想，今天她怎麼突然變積極、想代替妳去開佈置比賽的會議？」

「我不曉得……」

「唉呀！當然是跟七班的棒球校隊隊長，黎凱祐有關係！」尼克斬釘斬鐵地說，眼神既篤定又自信。

而聽到凱祐的名字，讓默默不禁又緊張了起來。

「咦？什麼意思？黎凱祐跟斐恩有關係嗎？」

「我是不知道有什麼關係，但斐恩一定是聽說七班和八班要合併比賽，又知道凱祐是七班組長，才那麼積極的！」尼克越說越起勁，高聲分析道：「妳想想，凱祐又高又帥，是出了名的好脾氣大帥哥，個性好，運動又行，學校一堆女生喜歡他，能夠逮到跟他相處的機會，虛榮的斐恩怎可能放過？斐恩一定是喜歡凱祐！」

「哦哦……」聽到尼克這麼說，默默心底有些酸酸的，既挫敗又難過。

因為默默明白，如果斐恩看上凱祐，那麼漂亮多金、口才又好的斐恩，絕對非常有勝算。

想到這裡，默默不禁失落了起來……

「總之啊！我總算知道斐恩在打什麼主意了！她就愛找這些小道消息，圖利自己，真是過份！」尼克興致勃勃地分析，這才發現自己該將單車轉向了。

「啊！顧著講話，走過頭了……我家在那條路，先走囉！默默再見！」在丟完剛剛那個「震撼彈」之後，尼克根本沒意識到默默的心情再度盪到谷底。

默默打起精神朝尼克揮手道別。

但當尼克一離開，獨自一人走在黑夜底的默默，卻感到煩躁又孤單。

「原來斐恩是因為聽到風聲，搶先一步知道凱祐可能會跟我們同組，才突然那麼積極……」默默一想到斐恩的氣勢與她耀眼的美貌，心都涼了。

也就是這時，默默才發現，自己原來也跟學校大多數女生一樣，對凱祐有著浪漫的想像。

回過神時，晶瑩的淚已經滑落自己的臉龐，默默趕忙擦了擦。家門前，堂姊碧文的單薄身影正提著曬衣籃在收衣服，她眼尖地發現默默，豪邁地揮了揮手。

「哦！默默回來啦？聽說妳有補習，難怪這麼晚回來！咦……妳……」

默默低頭不語，她知道堂姊一定是瞧見自己發紅的眼眶了。

堂姊碧文打量著默默，她是個聰明人，從昨晚和今早的互動，她當然知道默默一直有事情瞞著家人，如今看到默默淚眼汪汪地回來，難免也擔心。

「默默啊……」

碧文輕輕抓住默默的肩膀。

「學校裡是不是有人找妳麻煩？」

聽到跟早上類似的詢問，默默心情一陣翻湧。

是啊！她的確是遇到麻煩了……為什麼要一直掩飾呢？為什麼不試著把問題說出來呢？

這次，默默不再極力否認，而是安靜地點了點頭。

傾聽我說

第七章

特訓課

「先……先進門吧！我們回妳房間，妳再告訴我。」堂姊碧文被默默認真而坦然的表情給嚇了一跳，不過，她也很高興默默願意接受她的關懷。

堂姊接過默默的書包，輕輕拍了拍她的背。兩人回到默默的房間，面對面坐著。

此刻，默默的神情既不安又充滿自卑，但卻少了些許無奈。

默默已經知道束手無策的感覺是多麼無力，不過，今天發生的爭吵也成為了契機。雖然只是努力對訓導主任去表達自己的意見，卻讓事情有了一點點轉機。

「我真的……必須要改變了。」默默對自己說。

以往，默默或許會靜靜地承受種種學校發生的不公平，然而看見今天尼克與她被逼進絕境中、最後卻靠著兩人的冷靜表達才脫困，默默也體會到，會說話真的很重要。

默默對堂姊解釋了種種挫折，她不想再為同樣的事情掉眼淚了，眼神也變得澄澈起來。

「今天，尼克被陷害，被叫到訓導處了，面對理性的長輩，我或許有辦法讓他們聽我說，可是……我卻沒辦法讓班上的同學們聽我說。會說話，真的很重要……」

「嗯！會說話真的很重要。」碧文雙手抱胸，表情苦澀地傾聽著。

「以前因為不會說話，我也吃過虧，被誤會不懂得怎麼反駁、也不曉得怎麼拒絕又不得罪人……連保護自己都沒辦法。」

「原來堂姊也瞭解這種感覺……」默默有些驚喜。

原來，這社會真的充滿了這麼多「不會說話」的人？其實，她有時候好羨慕尼克，他說話總是直來直往，雖然有時候太傷人了，也容易跟人起衝突、被誤會，可是，像自己這樣什麼都不敢說、也不懂得怎麼說……遇到報告還會結巴，更是慘上加慘。

「我想，班上愛找妳麻煩的那些人，應該都很會說話吧？」堂姊一針見血地問，默默聽了猛點頭。

斐恩何止會說話？她甚至很會察言觀色，懂得在什麼人面前說什麼話……默默將斐恩的事情也告訴了堂姊。

「才國三就這麼奸巧？我看她是太會說話了！」碧文露出了一個噁心的嘴臉，逗默默發笑。

「我跟妳說，雖然斐恩那種人很八面玲瓏，可是做人還是要真誠啊！像她那樣，夜路走多一定會碰到鬼！」碧文的語氣同仇敵愾，聽起來跟尼克好像，默默感到很親切。

「好啊！我就幫妳想辦法治治她！來個『各點擊破』！讓那傢伙好看！」碧文豪氣地掄起拳頭。

「首先就從妳的佈置比賽和演講比賽開始！」

「咦……演講比賽是真的需要堂姊的幫忙，可是，佈置比賽還需要會說話嗎？」默默瞪大眼睛。

「當然！依我所見，斐恩那傢伙一定還會因為佈置比賽的事情繼續找妳麻煩，妳要是不懂在言語上反擊的話，可就又要被吃死死的了！」

碧文的一席警告，真是拳拳到肉，讓默默的一顆心死灰復燃。

「妳聽好囉！從現在開始，每天我們都要做問答練習，我會列出幾個斐恩那種人常用的講話招式，妳就學習防禦，這樣才是最好的反擊，不要再被吃得死死的了！」

堂姊說著，自己也興奮起來；默默的目光變得灼熱又專注，聽了猛點頭。於是，堂姊與默默就這樣展開了特訓。

♪

「老師，這是我為演講比賽做的練習。不好意思，拖了這麼久。」默默恭謙地淺笑著，雙手將一疊稿紙遞給導師阿緯。

「哦哦！這是我之前要妳寫的講稿練習嘛！」阿緯露出高興的微笑，掛著粗框眼鏡的臉也柔和了起來。

「太好了！老師今天就抽空看，放學和妳討論。」

「好……謝謝老師。」默默的眼睛雖然仍不敢直視老師，但講話的神態稍微有自信了。這點，眼尖的阿緯老師也看在眼底。

一向話很少的默默，敢自己走到教職員辦公室、主動跟阿緯講話，也讓阿緯很欣慰。

不過，這是默默在家裡對著鏡子練習好幾次的成果。原本有點膽怯的她，還拖了兩三天才敢採取行動、主動交稿給老師。如今，看到阿緯老師充滿肯定的笑容，默默心底也豁然開朗。

這天午餐時間，尼克與默默帶著各自的便當，來到操場的草坪。兩人靜靜坐在樹蔭裡，遠離班上的人際關係，默默的神情也自在不少。

尼克問：「妳把講稿交給阿緯老師了嗎？」

「交了！」默默難得露出如釋重負的輕鬆神情。

「哦！答得很大聲耶！看來心情很好！」尼克也笑了。

「其實……我打算先用寫的，然後把內容全部背得滾瓜爛熟。」默默描述著自己的策略，眼神發亮。

「阿緯老師先前跟我講得沒錯！寫講稿時，就感覺跟寫我們最喜歡的作文一樣，在心裡說話，然後才寫出來。」

「哦哦！好深奧啊！不過，作文算是默默的強項，按部就班來應該沒問題的！」尼克猛點頭。

「來，要不要吃我媽媽做的紐澳良雞翅？很辣喔！」就在尼克與默默閒話家常的同時，遠方草坪走來一個穿棒球制服的帥氣男子。棒球帽緣下方的清秀臉蛋望著默默與尼克，待走到一定的距離之後，他才揮手出聲。

「這不是八班的組員嗎？是尼克和默默吧？」來者正是同個佈置小組的七班組長——凱祐。

默默緊張地把嘴裡的辣雞翅吞了下去，躲到尼克身後猛喝水，臉色漲紅無比。

「嗨！凱祐！」尼克大方地打招呼。

「每次放學看到你都在練習，我和默默又不好意思打擾你，所以我們到現在都還沒開會。」

「哈！這真的是我的錯啦！不好意思。」凱祐爽朗一笑。

「所以我現在自己來找你們討論啦！你們怎麼在這裡吃午餐？約會喔？」

「哪有啊！你快坐下來吧！」尼克將草地上的雜物豪邁踢開，凱祐則是舉止大方地坐到默默對面。默默依舊是滿臉通紅，躲在尼克背後。

「默默，妳幹嘛？」尼克慌張地問。「啊！該不會被紐澳良辣雞翅給噎到了吧？」

「唔……」默默不敢說，自己其實是看到凱祐才滿臉漲紅，急忙點頭又搖頭。凱祐則是憂心地看向默默，好不容易，默默吞了幾口溫開水，才勉強鎮定下來。

被學校有名的男生看到狼狽的一面，默默更是說不出話。

「不好意思，我們放學再約吧！」尼克索性對凱祐這麼說。

「沒關係，我好多了……」默默心想也是該討論佈置比賽的事情了，索性鼓起勇氣。她的這句話，讓原本起身的凱祐立刻微笑著坐回去。

「真的沒事了吧？」凱祐問。

「嗯……難得你有空……」默默的眼睛仍不敢直視凱祐，不過，她終於鼓起勇氣跟凱祐說話了。

他們開始討論佈置比賽的事。過程中，也不知道尼克是真懂還是假懂，總是在默默詞窮或者尷尬時，幫她接話。

「總之啊……我有聽說別班的佈置比賽，都是以動物為主，我想有必要跟他們做的不一樣。」凱祐真誠地與他們交換意見，是個交談起來很舒服的人。尼克與默默也很快地與他取得共識，定好主題。

離開前，大家約定了一起買材料作佈置的時間。

「接下來我們應該也會變忙吧！我要準備棒球比賽……默默，妳也要參加演講比賽吧？」

「咦？」默默又驚又喜地抬起頭。

「你……你怎麼知道？」

「我看到各班演講代表的名單，被貼在公告欄啦！」凱祐回過頭，溫柔地笑道。

「加油喔！」

「嗯！」默默胸口一陣小鹿亂撞，受到凱祐的鼓舞，讓她暈陶陶的，眼神也不禁發亮起來。

之後，凱祐朝尼克揮了揮手，離開了。

「好啦！我們收拾便當吧！也快午休了，得回去了！」尼克拉起默默，而她的眼神仍直盯著凱祐離去的背影。

凱祐那句簡短的「加油喔」，一直縈繞在默默心頭，她沒想到演講比賽的事情竟然還會有其他人關心，心情又激動又感恩。深受鼓勵的結果，讓默默一放學便跑到阿緯導師的辦公室報到。

「哇！默默，妳來得好早啊！正巧，老師也把妳擬的講稿看完了！」阿緯眼中帶著喜悅之情。

「默默，妳寫得太好了！」

「真……真的嗎？」默默又緊張又興奮，雙手不禁緊緊握拳，體內也彷彿有股暖流在竄動。

「嗯！妳的講稿真的寫得很好喔！默默從國一開始，文筆就很好，老師不是跟妳說過嗎？閱讀、寫作和演講，都是表達能力的一種，妳接下來只要把這篇講稿讀熟，多多練習講話的聲調與神態，一定能夠贏得很漂亮！」阿緯老師比手畫腳，語氣激動，熱情地鼓勵道。

「默默，不然妳今天直接來練習個十分鐘吧！」阿緯看到默默的態度積極許多，便希望能一鼓作氣、替她加強弱點。

默默想了一下，老師說得也對，便決定留在辦公室的沙發旁練習。但一想到要練習演講，她的神情仍不自覺地緊繃起來。

「來，不如今天妳先練習朗誦講稿的第一段吧！」

「老師、評審……各位同學大家好，我是八班的葛璦默……『葛』是諸葛亮的葛……」唸起稿時，默默竟覺得先前那種彆扭尷尬的感覺又回來了，越唸下去，越是渾身不對勁。

「默默啊！記得聲音要放大點，不要壓著喉嚨講話，聲音會出不來喔！」阿緯老師在一旁好意提醒。默默立刻照做，只是她覺得好像還是哪裡卡卡的，雖然明明是自己寫出來的文章、也對內容頗有自信心，但默默唸起來卻老是找不到標點符號，語氣也越唸越奇怪。

「默默，別急，慢慢唸，看清楚再唸。」阿緯老師的臉色稍微沉了下來，不過說話音調還是很有耐心。

「要不要再重新唸第一段呢？放輕鬆，來。」光是第一段的自我介紹與開場部份，默默就唸得很糟，不僅語氣飄忽不定，經常發音不標準，咬字更是模模糊糊，與她平常自然講話的模樣有天壤之別。

阿緯老師雖然沒有說半句責備的話，但失望之情，卻也溢於言表。

「作文寫得再好，一唸起稿還是有差的……」默默的自信心又消失了，垂頭喪氣地回家。

今天不用補習，步伐疲倦的默默，正想直接回家，沒想到路上卻站著一個熟悉的身影。

長髮飄逸，頭上戴著珠寶髮飾，明眸皓齒……正是好幾天沒來找碴的班長斐恩，她獨自在路旁的書報攤上，翻著雜誌。

第八章

理直氣柔

「當作沒看到好了……」默默正想靜悄悄地溜走，斐恩卻猛抬頭一把攔住她。

「哈！我在這邊等妳一陣子啦！」從斐恩那張櫻桃小口吐出的話，語氣不太友善。

「今天妳的護花使者尼克不在呀？」

「尼……尼克今天去補大提琴了……」默默不想流露出懼怕的神色，試著直視斐恩的那雙貓咪般的大眼。

斐恩打量著默默，眉宇之間流露出一如往常的傲氣。

「喔！聽說你們佈置比賽，是和七班合併？」

斐恩的這句問話，讓默默想起尼克與堂姊碧文先前所作的推測——斐恩知道佈置小組裡的另一個組長是凱祐，所以先前才很積極地想代替默默去開會。

由於默默並不想跟斐恩在街上對質，她決定迂迴地避開斐恩的主動提問。

「呃！我還有事。先走……」

「不准走！我在跟妳講話耶！」斐恩大眼一瞪，語氣也強硬了起來。

以往默默或許會退縮，也一定會安靜下來，但斐恩的強硬態度今天卻讓她份外生氣。默默心頭一橫，脫口便說：「我們班和誰同組這件事，妳隨便問就知道了，何必問我？」

「妳……嘴巴變硬了嘛！」默默的反擊讓斐恩明顯地吃了一驚，她不敢相信眼前這個一向逆來順受的傻個兒，竟然反應變這麼快。

默默想起堂姊前幾天教導的反擊對策，決定見招拆招，不過，她也不願意跟斐恩有太過強烈的衝突。

「我先走了。」默默丟下這句話。斐恩則在後頭氣得大叫：「喂！妳想逃啊？葛璦默！」

「我剛剛就說了，我還有事。」默默瞪了斐恩一眼。「妳是沒聽到嗎？」

斐恩這下氣得說不出話來，漂亮的五官也扭曲起來。默默不想再搭理她，頭也不回地繼續往家的方向走。

說真的，她第一次對斐恩這樣正面嗆聲，自己心底倒也挺害怕的，但有話直言的暢快感覺，卻讓默默打從心裡舒坦起來。

「面對這種奸詐的人，一定要當面反擊，不過別惱羞成怒，也不可以出口成髒喔！要面不改色地反擊！」堂姊碧文的話迴響在默默腦海。

「原來，堂姊教的東西真的能派上用場……」默默心中洋溢著對堂姊的感謝。一回到家，她顧不得一家人正要吃飯，連忙把剛剛路上發生的事情都對堂姊說了。

堂姊碧文一聽，樂得豪爽大笑。

「哈哈哈！酷耶！默默，真是大快人心！」她拍起手來，讓默默又是害羞又是開心。

「還好之前有跟堂姊商量啊……」默默靦腆地笑笑。

「不過啊！我想，那傢伙今後應該不會放過妳喔！」碧文壓低聲音。「這種人只會惱羞成怒，要是妳不繼續強硬下去，將來可是會有苦頭吃的。」

默默一聽，笑容也僵住了，她太天真了，沒想到碧文看得比她還透澈。

「嘿！別擔心！我跟妳說，我現在是辯論社的，什麼脣槍舌戰沒見過。」碧文怕默默又開始胡思亂想，隨即露出老神在在的表情，還翹起二郎腿。

「唉！比起這個……我比較擔心演講比賽。」一想起跟斐恩之間的對抗，默默感到有些無奈，不過，想到凱祐今天臨走前說的那句「加油」，默默便感到很溫暖。

「一定要練好演講比賽才行……」默默也將今天阿緯老師交代的事情說給堂姊聽。

「很好耶！老師一定對妳很有期待，不要想太多啦！」碧文依舊是充滿鼓勵的態度，只是她邊說，卻也邊心不在焉地望著手機，好像在看簡訊。

「總而言之，默默，妳要把每個句子都說得更真誠、唸起來有抑揚頓挫，好像人的臉部一樣，要充滿表情、和真實的情感。」碧文如此提點道。

當晚，默默立刻照做，她關起門來，拿著講稿，高聲在房間練習。

「人與人之間的相處，經常充滿摩擦，因此……我們……」默默邊唸邊在講稿上做著註記，用上下箭頭等符號，提醒自己此時的聲音腔調。

沒想到練習一個多小時之後，連默默自己，都覺得演講的內容好像變豐富了。

「『當我初次聽到這句話』不太順口，改成『當我第一次聽到』好了，聽起來比較自然。」默默邊唸，邊把稿子上的文字改正，不知不覺，時間已經過了十點。

「媽，堂姊呢？」默默興沖沖地拿著講稿到處找堂姊。

她從二樓找到樓下，卻赫然從窗戶看見，堂姊正在家門外跟一個穿著制服、頭髮半長不短，模樣有些瀟灑的高中男生講話。

堂姊很明顯不想讓人看見對方，還作勢把那男生帶到遠處的巷口。從表情看來，堂姊似乎有些高興，但舉止卻很煩躁。

默默有點擔心，等了五分鐘之後，堂姊又溜回家了。默默急忙躲上樓，怕堂姊發現。

「堂姊或許有什麼難言之隱，不然一定會跟我說的……之後再問她吧！」默默將講稿收回書包，結束了這個忙碌的夜晚。

明天，她一定要再去找阿緯老師，請他聽聽今晚的練習成果。

♪

隔天吃早餐時，默默注意到堂姊碧文的臉色很差，臉上也掛著深深的黑眼圈。

「堂姊，沒事吧？」

「哦……沒事，昨晚有點失眠。」

「嗯……」默默怕自己說錯話，又仔細觀察了堂姊好幾分鐘。堂姊拿著筷子的手動得非常緩慢，好像根本沒精神。

「堂姊，是身體不舒服嗎？還是心情不好呢？」默默試探性地問。

「哈！沒事啦！昨晚熬夜準備辯論社的資料……」堂姊打起精

神，對默默比出手指。

「記得啊，今天去學校要好好加油，要記得反擊，但表情要不慌不忙，也不要輕易生氣，反應會變差喔！」

即使樣子不太對勁，堂姊仍熱心地幫默默加油，讓默默好感動。

「嗯，我一定不會生氣的！」

「沒錯，一定要理直氣柔，不輕易生氣，這樣別人自然抓不到妳的把柄。」堂姊露出陽光少男般的微笑，眨了眨眼睛。

「而且，理直氣柔，也往往是讓敵人最沒辦法的一種表現，她如果過份地指責妳，也只是她自己沒風度，惱羞成怒罷了！」

「好的，理直氣柔。」默默謹記在心。她今天特別有種不詳的預感，心臟也砰砰直跳。

默默明白，這跟凱祐靠近時那種心跳加快的感覺不像，反而像是有什麼長久存在的隱憂，即將爆炸似的。

上學的路上，默默留意著每個路過的巷口。以往充滿綠意的熟悉巷口，都會突然竄過尼克那台腳踏車的身影，也會聽到尼克爽朗道早安的聲音，不過，今晨默默卻一直沒有等到尼克。

「也許下個路口就會碰面了。」默默一直張望著馬路，經過昨天與斐恩起衝突的書報攤時，她更是想起了不愉快的情緒。

以往上學前的不安，都能透過與尼克的閒話家常獲得化解，默默此刻突然感到一陣寂寞。

「嗨！是默默吧？」一個活潑的聲音竄過默默耳邊，她以為是尼克，對上眼的卻是凱祐。他今天沒有穿棒球制服，而是穿著一般的白襯衫制服，散發出一股充滿氣質的氛圍。

默默立刻羞澀地笑了起來。

「早安，黎凱祐。」

「呃，我們都已經同組要參加比賽了，幹麼叫我全名？叫我凱祐就好。」凱祐吐了吐舌頭，露出俏皮的模樣。

「咦，妳都一個人上學啊？」

默默不好意思解釋，說自己和尼克從國一開始人緣就不好，只是點點頭。

「以往我都是和尼克一起來學校的，雖然沒有約好，但常常都走同一個路線。」

「哦。」凱祐的視線飄向遠方的天空。

「那等一下遇到尼克的話，我們來討論何時去採買佈置用的材料吧。雖然整體構想還沒完全出來，不過我們可以去文具店逛逛。」

「嗯，看看會有什麼靈感。」默默笑著回答，雖然臉部表情仍太過緊繃，但她發現自己可以看著凱祐的眼睛講話了，竟然也能自然而然地順著對方的話題聊天了。

雖然尼克沒來，但難得在上學途中遇到凱祐，他還和自己主動打招呼，真讓默默受寵若驚。不過，凱祐似乎不覺得和女生打招呼有什麼新奇，仍舊神態自若。而他的超人氣，也引來同學的主動微笑問安。

「嗨，早安，凱祐。」

「早啊！」大概是平常習慣和許多人講話相處，凱祐一路上都和不同人打著招呼，態度大方又從容。看在默默眼底，既是欣賞，更是羨慕。

「真希望我也能自在地跟大家打招呼，不過……大概也沒什麼人想特地跟我這種無名小卒打招呼吧！」不知道是不是因為尼克不在身邊，默默的自卑心又跑了出來。

特別是當她看到，穿著漂亮小禮服的斐恩，出現在校門口時的身影時。

斐恩今天絕對是要出席什麼特別的活動，不但沒穿制服，反而像個大明星般穿上紫色絲絨裙，一頭秀髮還高高地紮成蝴蝶髮髻。面對同學們好奇又欣賞的目光，她還笑著揮手，露出如魚得水的優雅笑容回應。

當然，凱祐的目光也向斐恩飄了過去。這讓斐恩立刻樂得搗起嘴巴笑了起來。看見斐恩甜美又嬌貴的表現，讓默默更是感到一陣吃味。

「啊，黎凱祐隊長。」斐恩嬌滴滴地主動跟凱祐打招呼。

「嗨。」凱祐駐足，臉上掛著客套的微笑。「今天怎麼穿這樣？」

「今天沒有要上課，要去面試一個交響樂團的比賽，我是吹長笛的喔！」斐恩不忘推銷自己的專長，笑得更甜了。

「沒想到會在校門口遇到你，真高興耶！」

「妳說妳沒有要上課，那怎麼特地到學校來？」凱祐直覺地問。

「我是來拿請假單的啦。」斐恩笑瞇瞇地回答，但隨即就用防備的眼神瞅了默默一眼。

「你們一起來學校喔？」

「在路上遇到的。」凱祐似乎沒有多聊的意思。「我今天要幫班長點名，先去教室囉，掰，默默。」

「掰。」默默很高興凱祐臨走前，還特地跟自己打招呼。但當斐恩用充滿妒意的眼神望向自己時，默默知道大事不妙了。

「哦，妳們開始討論佈置比賽的事情啦？」大庭廣眾之下，聰明的斐恩，這次換了個假裝關心默默的溫和問法。

「進展得怎麼樣啦？還順利吧？凱祐應該對妳很好吧？」

「嗯。」默默平淡地回答，但斐恩似乎反而被她的回應弄得更惱火了，一雙眉毛也豎了起來。

「哦，看來妳們現在很要好囉？」她冷笑一聲。

「可惜啊，實在不太相配。」

這句話實在深深地再度刺傷了默默，但她咬住牙關，謹記著堂姊碧文的指導，絕不輕易牛氣。

默默停頓了一下，小心翼翼地答道。

「我不在意妳怎麼想，我先走了。」

「等等！又想逃嗎？」斐恩這次是真的生氣了，聲音尖了起來，路過的同學們也紛紛轉過頭，驚訝地注視著她突兀的反應。

默默站住腳步，她原本想靜靜走開，但又想起堂姊說的，該適當反擊。於是她深深吸了口氣，直視著臉色漲紅的斐恩，語氣平緩地回答。

「斐恩，我想妳應該拿到假單，要去面試了吧！若是還沒拿假單的話，要不要趕快去拿？就要打鐘了。」

斐恩一聽到默默的回應，更是一股氣直衝腦門。她惱火地張開嘴，卻不知道該說些什麼。默默不想等她再說什麼傷人的話，轉頭繼續走自己的路，前往教室去了。

默默並不希望起爭執，因此她此刻的心情，並不覺得自己辯贏了什麼，而是感覺心情平靜多了……這是兩三年來，她藉由正面迎擊的方式，讓斐恩啞口無言。

「妳也沒辦法傷害我了，斐恩。」默默在心底高聲地對自己說。

雖然這次尼克沒在她身邊，卻也給了她獨自學習面對斐恩的機會。而默默並不像以往那樣感到無助了。

「不過，尼克怎麼還沒到學校呢？想跟他分享今天早上的事情。」默默很不習慣沒有尼克在一旁聊天的時刻，而早自修過後，班導師阿緯才宣佈，尼克今天請病假。

「放學後練習完演講，一定要去看看尼克才行……」默默想著。

第九章

尼克生病了

今天尼克請病假，讓默默在班上有些孤立無援，也得一個人吃午餐、一個人清理外掃區。不過，今天剛好幸運地也遇到斐恩請事假，斐恩沒在班上，默默也感覺自在多了。雖然她期望自己快速從斐恩的打壓中走出來，不過，這也不是一時半刻就能做到的事。

然而，今天仍發生了一點好事。因為演講比賽下週就到了，默默在下課時間便經常拿出講稿默背，幾位女同學還好奇地靠近她。

「對喔，都忘記有演講比賽這件事了……」

「葛瑷默妳還滿認真準備的嘛……上面做了好多重點。」

「沒有啦。」默默露出隨和的淺笑，不敢太聲張。畢竟，國三下學期的演講比賽，在班上的關注度並不高。最後一學期了，大家無非都是在忙升學與學習才藝，或者參加社團累積經歷，再不然就是組隊苦練六月的校際運動會，同學也多半聚集成一群一群的，很少人像默默一樣在準備個人比賽。

雖然只是同學們幾句無意間的關心，默默依舊很開心。而今天的重頭戲，便是向阿緯老師展現昨天苦練的成果。

一放學，默默就立刻到教職員辦公室，找阿緯老師報到。阿緯老師因為剛監督完大隊接力的練習，黝黑的臉頰被春日的太陽曬得紅通通的。看見默默主動前來，他也笑容滿面。

「哦，默默！妳好積極啊！老師原本以為妳要過幾天再來的。」

默默害羞地點點頭。

「因為……我沒什麼演講的天份，想快一點準備。」

阿緯老師搖搖手。

「怎麼會沒天份呢？老師應該說過了，會寫作、又喜歡閱讀的孩子，早已培養出不錯的表達能力了。不過，妳能這麼認真準備，真的是太好了！來，老師陪妳練習吧！」

心頭再度湧起一陣緊張感，呼吸也急促了起來。但默默掏出那幾張重寫了好幾次的講稿，對著阿緯老師演說。她的語氣明顯比昨天沉穩又自信許多，斷句與演說時的抑揚頓挫也更加明顯了。整段句子聽起來有明顯的聲音表情，時而活潑、時而有力，非常吸引人。

「說得真好呀……」阿緯老師聽得津津有味，嘴巴微微張開著，專注的眼神也帶著驚喜。等默默演說完前三段，阿緯老師遞了杯白開水給她。

「默默，真的很棒喔！沒想到妳進步得這麼快！真是一匹有潛力的黑馬！老師也很能融入在妳的演說裡喔！」

「太好了……」默默點頭，但她也明白，自己還有許多要加強的地方，不敢太得意忘形。

「那……老師，有沒有什麼需要注意的地方呢？」

望著默默皺著眉的嚴肅神情，阿緯老師挺起上身，認真回應道：「嗯……雖然妳已經把稿子看得滿熟了，不過，眼睛還是放在稿子上的時間居多。」

默默聽到問題的癥結點，有些苦惱，但她也隨即用感激的眼神瞧向阿緯老師。她知道老師真的是很希望她在比賽中取得勝算，才會給她實用而直接的建議。

「意思是說，演講的時候眼光要看……台下的觀眾？」

「是啊！偶爾也要看向評審，但別死盯著他們！眼睛要在稿子、人群、評審之間，慢慢地移動。平常，妳要對著鏡子和同學練習，表現出自信但謙虛、親切而熱情的眼神，這樣才能夠表達出妳的個人特色！」老師給出了實用的建議。

默默連忙在講稿背面寫下筆記。

阿緯老師說的秘訣，聽起來真是難以做到。默默不禁感到有些氣餒。

「可是，默默啊，妳剛剛的表現已經非常好了！」阿緯老師用力地點著頭。

「剩下的這幾段文字，如果能夠用老師剛剛說的方式消化，拿到前三名也不是問題！」

「前……前三名？」默默瞪大眼睛，不敢相信老師竟然給出如此明確的鼓勵，她只求上台不要緊張忘詞，不要出糗就好，前三名簡直是想都不敢想。

「謝謝……謝謝老師的安慰。」默默連忙緊張地道謝。

「我再回去，用老師教的方式練習。」

「哦，老師不是在安慰妳啦……老師是真的覺得妳很有潛力喔！」阿緯老師知道眼前這個學生特別纖細，連忙補充道。

結束了與老師的練習，默默匆匆走出校門，前往尼克的家，想探望他的病情。尼克的家住在透天洋房裡，要經過一個小花圃。默默上次來這裡，已經是寒假的事情了。當時她經常來教尼克作文，也經常來尼克家看休閒讀物。

尼克家簡直是座小型圖書館，什麼類型的書都應有盡有。而每次尼克的媽媽看到默默來作客，總是非常高興。

「這些書買那麼久，終於有人看了！我家尼克都沒什麼在看書，默默要多來呀，不然這些書太可憐了！」今天，尼克媽媽也對默默說了一樣的話，逗得默默露出懷念的甜甜微笑。

「謝媽媽好！我今天是來看尼克的，聽說他生病了……」默默笑著解釋來意。

尼克的媽媽立刻去叫尼克下樓。

默默在佈置得美侖美奐的美式客廳裡坐著，白橡木地板和長沙發都跟她記憶中一模一樣，讓她感到很懷念。此時，尼克媽媽還端來咖啡和蛋糕招待。

尼克媽媽眼底含著溫柔的笑意，望向默默。

「半年不見，默默的模樣，變了呢！」

「咦……」

「真的，變得漂亮，也更有自信囉！」尼克的媽媽雖然一向嘴甜，模樣卻真誠無比，完全不像在跟默默客套。默默害羞地低下頭。雖然不完全明白尼克媽媽的用意，默默卻有種幸福而感恩的暖意，像蜂蜜般滲透在心底。

「哦！默默來了！太好啦！」尼克戴著口罩跑下樓，雖然眼神充滿活力，但聽得出來嗓子有些沙啞。

一問之下，原來尼克是昨晚練完樂器，又跑去夜間的露天游泳池游泳，太累而導致感冒。

「原本只是喉嚨有點痛，多吃了幾顆喉糖，但反而因為喉糖太涼，就咳嗽了！」尼克誇張地比著手勢說明病情，讓默默又擔心又想笑。

「你要好好保重喔……不然我什麼都得一個人了耶。」默默半撒嬌地對尼克說。而他一如往常開朗地比出ＯＫ手勢。

「沒問題！妳的演講比賽就是下週了吧，我會趕快好起來的！」

然而，尼克並沒有儘快康復，病情卻反而加重了。溼涼的天氣，加上尼克的抵抗力急速衰退，他竟然還因肺炎而住院了。聽到這個消息時，默默難過得在電話裡哭了起來。

「咳咳……我沒事啦！醫生說觀察三五天，就能出院啦！」尼克安慰道。

此時正值陰雨綿綿的春天尾巴，默默每天上學心情都悶悶的。幸運的是，斐恩最近比較少找默默的麻煩了。因為斐恩自己看起來也不太愉快，每天都憂鬱地望著窗外的陰冷天空。

「聽說斐恩申請了美國的學校，最近就要放榜了，難怪心不在焉。」同學們的八卦總是傳得特別快，看到斐恩沒什麼元氣的模樣，默默反而有些替她難過。

斐恩依舊每天都打扮得很漂亮，不過在開班會與宣佈事情時，聽起來都沒什麼精神，跟以前幹練的模樣判若兩人。當然，斐恩更沒力氣找默默麻煩。不曉得是之前默默的反擊奏效了，還是純粹心情不好。不過，默默也沒什麼心情擔心別人。此時她要擔心的，除了演講比賽之外，還有尼克，以及堂姊碧文。

堂姊最近都早出晚歸，補習回家也已經將近十一點了。默默完全不曉得堂姊在忙什麼，只知道最近要聊心事時，堂姊碧文也經常不在家，害得默默只能靠著日記來紀錄與發洩每天的心情。

默默依舊每天找阿緯老師報到與練習，很快地，比賽前夕的週末也到了。這是最後衝刺的時間，默默的精神非常緊繃。雖然講稿已經看得很熟，也作過多次修正，但畢竟是第一次參加這種公開表演的比賽，默默真的很害怕自己出糗，成了笑話。

最讓默默受寵受寵若驚的是，週五放學時，七班的凱祐提出了邀約。

「默默，我等等又要練球了……抱歉，今天又沒辦法抽空。那這週末妳有事嗎？要不要去一起買佈置比賽用的材料啊？不然，我怕來不及……」

「咦，這……週末嗎？」

「對呀。」凱祐被默默慌張的神情給弄得一頭霧水。「可以嗎？」

默默本來還扭扭捏捏不敢馬上答應，但看到凱祐似乎有些錯愕的樣子，她連忙點點頭，補上一個羞怯又期待的微笑。

「嗯，那週末……週末見。」

週末兩人的採買行程也很順利，雖然沒有買齊所有的東西，但默默和凱祐挑了不少材料，跑了三四家書店也做了不少筆記，得到一些製作的靈感。

「我覺得用氣球當大海裡的氣泡，很不錯。」凱祐用腳踏車載著默默，沒注意到她一路發紅的臉頰。默默甚至為了今天的採買行，穿得稍微漂亮了點。她穿上一件清新的綠色格紋褲裙，看起來比往常更有朝氣、更青春了。

「好，任務結束，我送妳回家吧！」凱祐棒球帽下的臉龐充滿朝氣。他聽說尼克生病的事情，也知道八班目前能用的組員只有默默一人，因此，凱祐還紳士地表示，他可以多幫默默一點忙。

「而且，妳下星期就要演講比賽了吧！」凱祐望著即將放晴的天空，露出淺淺的微笑。

「下星期我也要到市立棒球場比賽了。真是重要的一星期……希望我們都能順利啊！」聽到凱祐也在替自己集氣，默默心裡感到很溫暖。這個週末，她就在準備佈置計畫、演講比賽中，充實地渡過了。

雖然最後衝刺的時刻，沒有尼克的陪伴，但默默已經拿出最大的勇氣，面對任何挑戰。而這的確是剛開學時的她，所沒有的心境。

而尼克一直到默默正式比賽的那天，都還躺在床上。當天早上，尼克在一早七點就從醫院打電話到默默家，替她打氣。

「唉……默默，我好討厭自己這樣啊。醫生說要後天才能出院，怎麼會拖這麼久！」尼克暴躁地在電話裡對默默說。

「沒關係啦，尼克！你還特地打來鼓勵我，真是謝謝……」默默眼眶都紅了。

「少見外啦！默默，我們班上其他人或許看不起妳，也沒幫妳加油，不過至少有我、班導和七班的凱祐願意支持妳，我也會替妳集氣的！」即使住院，尼克的熱情依舊不減，讓默默帶著滿滿的感動，面對比賽當天的壓力。

「比賽一定會順利的！默默一定會大顯神威，讓班上那些人刮目相看！」尼克的話一直響在默默心頭，雖然她知道自己並沒有尼克說的那麼厲害，但能夠走到這一步，默默真的也認為自己盡力了。

因此，比賽時，默默帶著平靜但積極的心情，站上了一向讓她很害怕的大講台。

此時，她臉上掛著的，是晴朗、寧靜如夏日藍天的微笑。

「各位評審、老師、同學們，大家好，我是八班的葛璦默。」

默默的第一場演講比賽，就這樣開始了。

第十章

讓人意外的黑馬

塵土飛揚，市立棒球場上正進行著一場精彩的比賽。

「好球！」主審在棒球場上大聲喝道。

凱祐頂著大太陽站在投手丘上，準備三振對手，結束這場球賽。今天是個大晴天，甚至讓人感受到四月底的炎熱。凱祐棒球帽下的臉頰不斷冒汗，頸背也被曬得發紅。

他專注地觀察著敵對打擊者的表情，不時和同隊的捕手交換暗號。

凱祐又猛力投出一個變化球，成功騙到了打者傻傻揮棒。對方揮棒落空。

「好球！」主審大喊。

「三振啦！」此時捕手與其他守備位置的隊友全都興奮地衝了上來，因為他們的學校剛剛晉級為全市第一，接下來，全國大賽也不遠了。

「哈哈，不要推我！」

凱祐被眾人抬了起來，但他掙扎著苦笑，硬是從夥伴的胳臂裡跳下來。

「對了，現在幾點啊？」他轉頭望著體育場外牆的大鐘。

下午三點四十分。

「默默的演講，應該結束了吧？」凱祐想著。

「喂，快過來啊！」隊友搖著沙士汽水瓶，故意邊狂歡著邊把泡沫撒向教練與凱祐，大家笑著打成一片。

「再接再厲啊！小子們！」棒球校隊笑得合不攏嘴，拍了拍。

事實上，默默的比賽正如如凱祐想的一樣，剛剛結束了。因為評審還需要一些時間作業，所以選手們都被要求先回教室上課，等待廣播訊息。

走過安靜的校園時，默默的心情好激動，卻也替自己的表現感到欣慰。至少，她沒有出錯，每個眼神、手勢、語句的聲調控制，她都盡力了。

一切都照每晚練習那樣，自然而然地被表演出來。輪到她上台時，默默的腦海也不斷湧出那些熟悉的字句。她真的花很多時間練習，也深深感受到「說話」這件事情，真的是可以被「訓練」的。

結束演講時，默默沒有跌跤，沒有被絆倒，堂堂正正地挺著胸膛，走下階梯。而她聽到了在場觀賽人士給予的掌聲，謙虛地向他們點點頭。默默也分不出這掌聲是好是壞，只知道有人鼓掌她就很開心了。

「總算結束了一件事……」默默坦然地穿過寧靜的校園，胸口的心跳彷彿也在躁動著，但卻讓她神清氣爽。她走回熟悉的八班，班上同學正在進行下午第三節課的社會課，沒人轉過頭問她比得怎麼樣，因為他們平常也沒什麼在關心演講比賽的事。

「老師，我比賽回來了。」默默輕聲對講台上的科任老師點了個頭，回到了座位上。

她很快融入同學們手邊的動作，翻開課本，找到目前進行的頁數。當放學鐘響時，同班都亂哄哄地收著書包，和討論明後天的行程。

「各位同學，全校演講比賽的名次已經公佈在公佈欄，讓我們恭喜以下同學獲得前三名，從第三名開始宣佈！二年七班，梁正楷、三年八班、葛璦默，三年十一班、羅雅茹。」

八班的同學有些停下手邊動作，有些人忙著彼此打鬧，默默正在疑惑自己有沒有聽錯，廣播又再唱名了一次。

「咦！我是不是聽到八班？」高個子的風紀鼓掌喊道。

「八班葛璦默！」有同學驚訝地叫了出來，而默默也目瞪口呆地傻在座位上。意識到真的是自己之後，她內斂地低著頭，給了自己一個驚喜的微笑。

「天啊！是葛璦默？」同學黃佳萍興奮地衝過來，猛力抓住默默的肩膀，把她嚇了一大跳。「是妳耶！默默！妳得獎了！」

「真的是她喔？啥時去比賽的啊？我都不曉得……」男生們露出不敢相信的表情。

不過，默默沒有打算回應什麼，她滿心只想聽清楚廣播接下來的內容。

「以上，三位獲獎同學，放學後請到大講堂，老師將跟妳們解釋接下來的晉級比賽相關事項。」廣播一結束，默默便迫不及待地拎起書包，跑出教室。

她沒注意到斐恩望著她的陰冷表情，也沒看到其他同學們的興奮之情。大家不斷地在教室裡討論這件事。

「哦，沒想到葛璦默那麼強耶，第一次參加演講比賽，平常又結巴，還能得獎！」

「有偷練吧！這種安靜的人執著起來，是很可怕的。」

「替我們班上爭取榮耀，也不錯啊！」

默默早已將同學們的耳語拋在腦後，她滿心喜悅地享受著勝利的快感，差點就在走廊上奔跑起來。

「默默！」涼亭旁，站著正要趕來的阿緯老師，他開心地笑著，眼睛瞇得一條線，雙手不斷激動地揮著。「老師剛剛聽到廣播啦！恭喜妳！妳好棒！」

「老師……」聽到這麼真心的恭賀，默默的肩膀也放鬆下來，喜極而泣。

「老師，謝謝你……」

「不要謝我！要謝謝妳自己呀！」阿緯老師開懷地叫道：「我

就說了，只要好好練，妳前三名是沒問題的！好啦！趕快去大講堂集合，明早朝會，會在全笑師生面前頒獎！」

阿緯老師說的每個句子，都讓默默感覺好不真實，她開心地輕飄飄的，彷彿在做夢一樣。前往大講堂的步伐，也彷佛快要飛了起來。

默默打電話給尼克，告訴他得獎的好消息。雖然尼克剛出院，在家休養不到幾小時，但他在電話中仍舊好亢奮，不斷地歡呼大叫，又把所有的細節問了一遍。

「天啊，我就說妳一定可以的！」尼克一再重複著，真心替默默的得獎感到高興。默默得的是第二名，將與另外兩位同學代表全校去參加全國資格選拔賽，資格賽的題目跟校內比賽的非常相像，默默甚至不需要重寫講稿，老師們也直接表明很看好她。

「接下來就穩紮穩打吧！」尼克鼓勵道。而默默心底也是這麼決定的。她會全力以赴，面對未來的挑戰。掛完電話之後，默默想起總是給她許多建議的堂姊碧文，而今天一放學回來就沒有見到她。

「不知道堂姊是否在忙？」默默走到堂姊房門前，卻聽見裡頭傳來啜泣的聲音。她大吃了一驚，透過門縫往內看，只見堂姊坐在床上望著手機，一臉傷心欲絕的模樣。

第一次看到堂姊如此脆弱的模樣，感覺好陌生又讓人心生畏懼。默默怕惹堂姊不開心，也認為她不想被人看見失落的一面，才會躲到房間裡哭泣。

「我還是……給她一點空間好了。」默默心想，腳步也隨之安靜地退到走廊上。那一晚睡前，她再度來到堂姊房前。但裡頭靜悄悄的。「堂姊大概睡著了。」獨生女的默默，很少體會到有兄弟姊妹相互照應的感覺，對堂姊是敬畏又感激，她怕自己吵到堂姊，便到樓下去找媽媽問話。

「哦，碧文最近在準備辯論社的比賽，早出晚歸很正常啦！」媽媽一臉樂觀，還露出天真的笑容。

「可是，我好像聽到堂姊在哭耶。」默默說。「不過，她現在好像在休息了。」

「應該沒事吧！女孩子家偶爾掉個幾滴眼淚，才會堅強呀！」媽媽依舊是一派純真地笑道。

以往媽媽面對默默的抱怨，也都是選擇這種輕描淡寫的方式，偏偏默默是很愛想東想西、愛擔心的個性，因此總是覺得媽媽不夠重視她。默默心底也知道媽媽只是想用簡單的思維去開導孩子，但默默依舊認為，堂姊的事情沒這麼簡單。她正想走回二樓走廊，卻聽到門外有人按門鈴。

今天是她入圍的好日子，或許有人親自來恭喜她了。默默抱持著開朗的心情去應門，門外卻是兩個面有難色、穿著制服的高中女生。

「不好意思，請問碧文在嗎？」

一問之下，對方竟說已經三天沒在學校看到碧文，而留給校方的電話也一直打不通。

「請問，妳是她的堂妹吧？妳們家的電話是不是這支？」

「不是耶。」默默發現，碧文留給學校的電話是以前伯父家的。聰明的默默，立刻知道事情不太妙。

「堂姊已經搬離伯父家很久了，因為伯父和伯母去美國治病，不在台灣。但堂姊現在的確是跟我們住。」

「那妳知道她去哪裡了嗎？」同學看起來頗為擔憂。

「是這樣的，我們下週就要辯論比賽了，可是她不用說練習了，連上課都沒來上。」

默默馬上進門，和媽媽去派出所報案。她不懂，那麼開朗博學的堂姊，會跑到哪去呢？該不會是想不開了吧？這時，默默想起了前幾天家門外、來找堂姊的陌生男子。

她在媽媽的陪同下，把所有的事情告訴警察。

「我們晚上巡邏時會注意的，也已經打電話聯絡校方了。」

這個夜晚，就在擔憂的情緒中渡過了。默默沒享受到演講比賽得獎的喜悅，反倒是擔心堂姊，擔心得失眠。

「早點睡吧！明天不是要上台領獎嗎？會沒事的……」媽媽手中端了一小杯熱牛奶，特地來陪默默入眠。

她的雙手輕柔地撫在默默頰上，讓默默不安的心情也漸漸平緩下來。

第十一章 突如其來

早晨八點的大太陽，讓剛出院的尼克感到一陣虛弱。不過他仍滿心歡喜地看著默默與凱祐站在台上接受表揚。兩人的本名一前一後被朝會的司儀叫到，真是風光透了。連一向在升旗時昏昏欲睡的八班同學們，都情不自禁地替默默鼓掌。

「好，台上是為校爭光的棒球隊，以及昨天演講比賽的三個得獎者。二年七班，梁正楷，季軍。八班葛璦默，亞軍，請校長頒獎！」司儀宣佈時，校長先生則笑呵呵地頒獎給默默。

「唷呼！」此時八班的同學也在台下拍手歡呼，讓尼克又開心又驚訝。

他沒想到一向不把默默當作一回事的班上同學們，竟然不知不覺中變得如此熱情。

「好耶！默默！」尼克也笑著喊道，一旁的班導阿緯也高興得瞇起眼。在耀眼的日光中，默默站在凱祐的棒球隊員後方一同受獎，眼睛也三不五時望著台下的同學。

默默甚至大方地舉起手，輕輕地對那些替她歡呼的同學揮了一下。看見這麼自信有朝氣的默默，讓尼克也感到煥然一新。

「默默，妳真的變了耶……」尼克喃喃自語，微笑了起來。雖然仍有點緊張，但默默的神情仍保持風度與優雅，比起以前畏畏縮縮、彎腰駝背的模樣，簡直判若兩人。

尼克刻意望了班長斐恩一眼，她的臉色當然不好看，甚至充滿妒意地望著台上的受獎者們。

「喂……」尼克本來想對斐恩嗆聲幾句，不過此時映入眼簾的，是斐恩嬌弱而哀傷的側臉。尼克還真不常看見她真情流露的模樣。

斐恩望著台上的默默，緊緊抿著下唇。眼神似乎充滿孤寂，更驚人的是，她的眉眼之間散發出一股失落而羨慕的淡淡情緒。

「那個八婆，還有這種表情啊……」尼克倒也突然覺得斐恩落寞的模樣有些可憐，本想酸她幾句，但最後仍不忍心。

中午時，尼克與默默一樣到操場草坪的樹蔭下享用午餐。這次，凱祐也帶著練習用的球具主動加入。

因為凱祐的校隊訓練已經佔了他大部分的時間，三個人只能利用短短的午餐時間討論接下來的佈置流程。

「默默，真的很恭喜！」凱祐再度恭喜默默，讓她臉色羞紅起來。

「啊，臉好紅喔！默默是中暑了嗎？天氣真的開始熱了。」完全不懂默默心情的尼克，大剌剌地將飲料遞給默默。

倒是凱祐看到默默羞紅臉的模樣，露出了淺淺的微笑。默默不敢直視凱祐的眼睛，全身上下緊繃起來。

三人邊吃飯邊討論佈置比賽的細節，也一起研究每種材料要怎麼應用。凱祐也不免抱怨幾句班上的佈置組員，說他們都不來開會，平常也很偷懶。這是默默和尼克第一次聽到凱祐說心事，凱祐率直的表情讓人有點心疼。

「唉，我們班也是啊！都不幫忙！人性真的很現實！」直性子的尼克也數落起班上的同學，因為都是毫無惡意的心情傾吐，最後三人也相視而笑。

「不管怎麼樣我們都要繼續加油，雖然彼此都很忙，但就互相照應囉！尼克你也剛出院，不應該太累。」凱祐露出陽光又體貼的神情，叮嚀著默默與尼克，怕她們要負擔的工作量太多。

三人訂好彼此的進度，努力協調之後，才散會。

然而，默默和尼克才回到教室，就看到班上同學亂成一團，每個人都在議論紛紛，表情非常不安，特別是當她們看到默默時，反應更是很奇怪。

同學們的神情不但沒有早上替默默鼓掌時那麼熱烈，反而充滿質疑。

「怎麼了？」尼克乾脆高聲問道，而幾十雙眼睛則兇猛地朝默默射過來。班上不見斐恩與風紀股長，連副班長也不見了。午休時間還亂成一團，實在讓人感到奇怪。

「聽說妳堂姐是太妹啊？」班上的男生不懷好意地問。「混得很兇喔？」

「誰？」默默一時間還搞不清楚他在跟誰說話，直到其他同學又帶著嗅到八卦般的好奇表情湊過來。

「有人說，妳堂姊在電玩街打人。」

「聽說還不只打人，好像還交了一個流氓的男朋友！」

「我也聽說了！」同學們七嘴八舌地圍了上來，表情詭譎又激動，像是狼群圈住了綿羊。

默默一聽到這些話，當場愣住了。自己都不曉得是真是假的事情，為什麼班上同學們會突然過問？他們又是聽誰說的？

「默默，不需要回答，不用理他們！」尼克氣憤地揮著大手，想把人都趕走。但此舉只是引來更多同學們的追問。

「妳現在不是演講比賽的校際代表了嗎？要代表我們學校出去，品行差的話很丟臉耶！」

「說清楚啊！妳堂姊的事情，妳難道不知道嗎？我看是裝傻吧！」同學們的逼問越來越犀利，眼神也強勢又激動，讓默默幾乎無法喘息。她雙手握拳，知道自己此刻也不能多說什麼，憤怒與失望更是啃蝕著她的自尊心。不管是堂姊的事，還是演講比賽的事，全都排山倒海朝她撲咬而來。

最後，默默決定先讓自己冷靜下來。

「借過，我要午休了。」她靜靜地說著，不逃也不躲，而是鎮定地回到座位上。她知道如果馬上趴下一定會顯示出自己的弱小，引來更多閒話，於是故意裝作冷靜的模樣拿出課本翻看。

當然，她一個字也看不下去。除了滿腔的怒火與疑惑之外，默默最擔心的還是這個謠言的來源與可靠性。

「不會的……堂姊才不會做出那種事……雖然，我現在根本不知道她在哪裡。」默默心想，胸口悶得好痛。此時，彷彿救兵來了，遠方的訓導主任吹著急促而充滿威嚴的哨聲，帶著午休糾察隊趕來。

「八班！妳們吵什麼吵！全部給我回座位，趴好睡覺！吵到別班了知不知道！」主任氣得脹紅了臉，憤怒地指著那些鼓譟的同學們。

大家當然立刻鳥獸散。

「妳們的幹部呢？怎麼不出來管秩序！」主任想追究責任，繼續責問道。「人都跑哪去了！不知道午休要安靜嗎？」

「呃，報告主任，我們的班長斐恩剛剛身體不舒服，風紀和副班長陪她去保健室了。」有同學膽怯地答道。

「哦？不舒服啊？」主任一臉疑惑，但聽到是八班漂亮又能幹的女班長身體不適，他也就停止追究。

「身體不舒服也沒辦法，不過，有必要叫兩個幹部都陪她去嗎？妳們趁機吵鬧，也很不懂事！都要升高中了，還這麼幼稚！給我趴好睡覺！」

或許聽在同學們的耳裡，主任的一連串訓話冗長又掃興，但對默默來說卻彷彿一場清涼的及時雨。她跟其他同學一起趴到書桌上，眼淚掉了下來，但因為臉部朝下，並沒有發現默默的傷心難過。

當然，默默一結束午休，馬上去教職員辦公室借電話打回家。默默一心只想詢問媽媽是否知道堂姊的下落。她知道，要靠自己的方式求證。

電話很快便接通了。

「默默啊，不用擔心，警察找到堂姊了，她已經回家了！」媽媽的聲音聽起來依舊沉穩而樂天，讓默默安心不少。

「堂姊沒事，只是有點脫水，去醫院打完點滴之後好多了，現在在房間休息了。妳放學回家就可以看到她了。」

雖然默默有千百個問題想對著電話話筒發問，但媽媽要她回家之後再說。

「反正沒事，妳專心上課，回來就知道了。」

「可是，媽媽……我今天放學原本要留下來做壁報。」

「唉呀，那就留下來做壁報呀！沒關係！」媽媽認真地在電話裡安撫道。「妳堂姊真的沒事，只是很累，睡著了。」

雖然媽媽這麼說，但默默太過擔心堂姊，仍歸心似箭。然而佈置比賽能準備的時間也所剩不多了，今天真的得留下來才行。一熬到放學，默默正拎著一大袋佈置材料準備到七班找凱祐，尼克已經一把拉過袋子。

「默默，妳回家吧……」尼克冷靜而輕柔地說。

「可是……」

「我和凱祐，以及七班那幾個組員，會負責把今天的進度弄好。」

「回家吧！佈置比賽沒那麼急啦，家人比較重要。」尼克怕默默覺得他在開玩笑，表情正經八百，樣子看起來有點傻，眼神中卻是滿滿的體諒與貼心。

原來尼克早就將今天下午默默坐立難安的模樣看在眼底，更知道默默此時的心情。

「尼克，謝謝你……我明天就加入你們！」默默忍住感動的淚水，但聲音已經哽咽。

今天對她來說，心境上真的像在洗三溫暖，早上才接受表揚，下午卻面臨同學的指控，連堂姊都被造謠中傷。

佈置比賽打成績的地點，在七班與八班教室的外牆，默默已經成為眾之矢的，更不可能在八班同學指指點點的情況下，還在外頭面對旁人的嚴峻眼光做佈置。尼克不但想得週到，更是貼心有加，才要默默提前回家。

「凱祐那邊，我會跟他說的。妳快回家啦！」尼克輕輕推著默默的書包，催促道。

「謝謝你……尼克。」默默用力握住尼克的手，他笑了笑，目送默默奔向笑門口。她輕盈的白衣制服身影也隨即消失在放學的車陣中。

戴著棒球帽的凱祐帶了幾個同學，到七班的後門與尼克碰面。

「嗨！尼克！默默呢？」

「默默家裡有急事，先回去了。」尼克輕描淡寫地解釋道。

「她家人身體很不舒服，她趕回去了。」

「哦，很嚴重是嗎？」凱祐不免露出擔心的神情。

「好像躺在床上休息。」尼克說。

「哦，那就沒辦法了。」凱祐點點頭，直率地張開他帶來的壁報。

「我們先動工吧！」連同尼克與凱祐在內，七班的幾位也紛紛拿出尺規量著教室外牆的佈置區，規劃比賽作品。同學們拿著鉛筆，辛苦地仰著頭在牆上作記號，一面估算佈置品的陳列效果。

「唉呀，已經開始要佈置比賽囉？」一個親切溫暖的聲音從他們傳來，原來是保健室的姜阿姨，年過五十的她總像隻溫柔又勤奮的母雞般，守護每個去保健室的孩子。學校的同學也幾乎都很喜歡她。姜阿姨看到帥氣活潑的凱祐，特別打了聲招呼。因為凱祐經常攙扶受傷的棒球校隊同學，去找她報到。

「姜阿姨好。」尼克與凱祐分別對她問好。姜阿姨也熱情地打量著他們的佈置區，和他們閒聊幾句。

「哦，這是大樹的樹根嗎？」

「是啊！這還是最高機密，」凱祐笑著打趣道。

「姜阿姨可別告訴別班啊，他們是我們的競爭對手。」

「哪有人把最高機密放在牆上的，哈哈哈，這一看就知道是樹根了！哪還要我去說。」姜阿姨豪爽大笑。

此時，八班門口也陸陸續續湧出最後一批放學的同學，其中也包含了幾個女生與班長斐恩。

斐恩看見凱祐站在椅子上佈置牆面，不禁微笑地多看了幾眼，卻接觸到尼克的視線。

她立刻別過頭，但尼克發現斐恩並不是在迴避自己，瞧她眼神的方向，似乎是在迴避保健室的姜阿姨。只見斐恩難得經過凱祐身邊，卻十分低調安靜，一旁女孩們的對話吱吱喳喳，卻反而凸顯斐恩的刻意沉默。她有些尷尬地撥著長髮，故作鎮定的模樣，反而引起尼克的注意。

他知道斐恩一向演技不錯，總是說出討老師同學喜歡的話，不過此刻的情形很明顯的是斐恩在試著掩飾什麼。

看見斐恩悄悄在姜阿姨身後走過的模樣，尼克起了疑心。

「中午時都沒人管秩序，同學說是斐恩讓副班長、風紀陪她去保健室……該不會是故意要讓大家去煩默默的吧？」

說不定，關於默默堂姊的不實謠言也是斐恩散佈的。有鑑於斐恩之前的小把戲，尼克胸口湧起一陣怒火，他決定馬上問清楚。

「姜阿姨，我們八班的班長，斐恩，今天午休時去保健室找您了吧？」

「哈，有啊，她說她肚子痛、頭痛，不過好像又不怎樣嚴重。」

姜阿姨笑著回答，淘氣地壓低聲音。

「其實呀，我倒覺得是女孩子鬧脾氣而已，哈，所以我沒拿藥給她吃，只是讓她休息而已。」

尼克點點頭，雖然仍無法百分百證明斐恩的罪狀，不過他明白斐恩裝病的可能性非常高。

尼克低下頭，咬住牙關。

「我明天一定要告訴默默這件事。」

第十二章

衝突與收穫

默默焦急地回到家，襪子都還沒脫，第一件事就是奔到堂姊的房間。

「碧文堂姊！」她看見床上虛弱的堂姊，激動地上前握住她冰冷的手。堂姊露出了淺淺的笑容，眼神仍不失疲憊。

那是一種心靈受傷的疲憊。

「默默，對不起，讓妳擔心了……」碧文臉色很差，但她一看到默默便努力地想起身。

「聽說妳演講比賽得到亞軍，真是太棒了……」

「我都還沒親口跟堂姊說呢！堂姊不要再這樣擅自跑掉了……我什麼事情都會跟堂姊說，妳也可以跟我說，讓我幫妳分擔啊！」默默嘴唇顫抖，雙手緊緊握住堂姊，眼眶早已溼潤。

「哈哈，默默一口氣說了這麼多，難得看妳那麼激動……」碧文打趣道，摸了摸默默的肩膀。

「放心，堂姊好得很，只是這幾天幾乎都沒睡覺，也沒吃什麼東西……我是去找人借錢給我了。」

大概是被默默心疼又充滿關愛的神情所打動，堂姊的目光閃動，表情也充滿感恩。

終於，她主動說出自己這幾天的去向。

「我爸媽雖然去美國治病，但他們在美國也過得滿苦的，早就沒有生活費給我了……我不好意思開口跟親戚長輩要，就想說蹺掉社團的辯論比賽練習，去打工……可是，我未滿十八歲，只能偷偷打工……在打工的地方有個高中男生對我很好，不過，之後他卻一直跟我借錢，我陷下去了，最後也把工資都給他……」碧文想到過去這幾周有苦不能言的心酸，眼淚掉了下來，堂姊妹兩人緊緊相擁。

「我跟我媽媽說，請她預支零用錢給妳！」默默毫不多想地提議道。「怎麼可能不給妳零用錢，妳如果真的把我們當一家人，有困難一定要說……要勇敢地暢所欲言，這不是堂姊教我的嗎？」默默哭著，緊緊揪住堂姊的手。

堂姊的淚水也沉靜地掉了下來。

「謝謝妳……默默。唉，我有妳們這群家人，真是不該再哭哭啼啼，自找麻煩了。」堂姊破涕為笑。

默默原本也問堂姊，先前到家門口找她的男人是誰。

「他就是我打工的前輩，他要我違法幫他超時打工，我答應了……可是，我發現那個工作場所很有問題，想退出，但是……我發現我有點喜歡上他，真的很為難。」

原本機智堅強的堂姊，怎麼會這麼傻，愛上不該愛的人呢？默默不敢再責備堂姊。她自己都忘記了，堂姊也不過只比她大兩三歲，還是個涉世未深的青少女，又跟外面的危險男性有感情牽扯，難怪她失了方寸，不敢告訴任何人。

「默默，我跟那男生的事情，妳別告訴妳爸媽……我會自己處理好的。」堂姊表面上對默默如此說道，但默默看得出來，堂姊眼神中仍有一些留戀與迷惘。

她不願意再強硬地給堂姊施加壓力，只好點點頭，暫時不過問。

默默走出房門前，堂姊用疲倦的笑容真誠地對她如此說道：「默默……堂姊真覺得妳成長了好多……妳口條變得很清晰，而且給人的感覺好可靠。」

默默害羞地擺擺手。

「沒有……我只是真的很擔心堂姊……」

「哈哈，連嘴巴也變得這麼甜。」堂姊故意開玩笑，緩和氣氛。

此時，默默心中突然有了個想法。

「碧文堂姊，我有一個請求……」默默露出認真無比的表情，雙眼炯炯有神地回頭說道。「我參加全國比賽的時候，請妳一定要來現場幫我加油……好嗎？」

碧文被默默眼中的熱誠給震懾了，她還是第一次看到默默這樣堅決而篤定的目光。

「好，堂姊一定去看全國大賽，聽妳的演講。」她笑著點點頭，如此答應著。

♪

昨晚，默默也如火如荼地準備演講比賽，她一夜之間就火速打好了講稿，同時也將自己落後的佈置進度做完。當默默的媽媽叫她起床時，地板上滿是默默熬夜做的紙水草、以及用氣球做的塑膠泡泡。

「唉呀……這孩子還真拚。」雖然語氣不捨，但媽媽臉上卻也露出欣慰的微笑。

「都國中最後一學期了，想留下美好的回憶吧？這段時間辛苦點，一定會有好的成果。」

默默難得被媽媽如此讚美，不知如何回應，只得躲在棉被裡裝睡，卻偷偷竊喜在心底。

「今天我也要加油！」默默發現自己好期待去上學。

雖然，她一到學校，尼克就說了一個不太愉快的消息。尼克說，昨天斐恩一定是藉口身體不適、要幹部陪同，故意在午休離開教室，為的就是要讓同學圍剿默默。

「她一定看妳贏得比賽，就眼紅了，所以叫她的眼線去散佈不實謠言！」尼克越說越氣，臉紅脖子粗。他暴怒的反應讓默默也心浮氣躁。

「算了，尼克，事實的真相我們也查不出來。我不想管她了。」

默默說出肺腑之言。

現在有一堆比賽要準備，憑她要跟斐恩鬥，實在太累了。然而，尼克是性情中人，完全不理解默默的雅量。

「妳怎麼這麼好說話啦！難道妳不想戳破她的假面具嗎？」

「不想……」默默嘆了口氣。

面對尼克的直來直往，她決定也率直地說出自己的意見。

「而且，斐恩真的有假面具嗎？她會不會只是個性複雜了點……」

「什麼啊！妳從國一到現在都一直被她弄得很煩，還幫她說話！」尼克真的對默默的言行感到不解，激動地揮舞著手臂。

「難道妳忘記，她每次分組都故意不挑妳嗎？國二的時候，斐恩安排大隊接力，還逼妳跑最後一棒，讓妳被全班同學嫌棄跑得慢，妳為了運動會練習得那麼認真，她最後卻臨陣把妳換掉，讓妳白忙一場……太多恩怨了啦！我可是都記得清清楚楚！」

默默想到那些難過的事情，心痛再度浮上胸口。這些不愉快，她當然沒有遺忘，只是選擇原諒罷了……

尼克越說越氣，完全沒有停止的意思，但他說的往事，卻像鹽巴般撒在默默的傷口上，讓她好痛、好難過。

「尼克，不要說了好不好……我不想聽……」默默摀住耳朵，往後退了一步。

尼克被潑了冷水，眼神變得失望，最後又轉為憤怒。

「不想聽就算了，我也只是為妳好！妳不想管，我反而落個輕鬆！」尼克丟下這句話，悻悻地轉身就走。

默默感到胃底翻攪。她竟然惹自己最要好的朋友生氣了，而這個好朋友講的話，也讓她好心痛。

明明感情那麼深，為什麼要互相傷害呢？

操場的微風徐徐吹來，讓默默臉頰上的淚水變得冰涼。微溫的氣流彷彿在提醒著默默，春天的尾巴來了。

默默聽到早自修結束的鐘聲響了，但她還不想回班上去。一想到她把那間教室唯一要好的朋友給惹火了，默默感到又愧疚又無助。她已經好一陣子沒體會到這種無力感了。

「是不是因為被各種比賽搞得心煩意亂，忽視了尼克在身邊的支援呢？」默默抹掉眼淚，蹲在大樹的陰影裡，聽著風聲在操場上歌唱。

此時，一顆棒球滾到了她的腳邊。默默一抬頭，便看見凱祐棒球帽下的迷人笑臉。

原來，他是來撿球的。

「嗨！默默。沒想到妳在這裡。」

默默急忙低下頭揉了揉鼻子，怕自己的哭相嚇到凱祐。

不過凱祐也不遲鈍，馬上就注意到默默的模樣不太對勁。

「哈，妳怎麼一個人在這裡呀？」凱祐怕默默尷尬，又不想丟下她不管，便若無其事地找話題聊。

「嗯……」默默也不知道該怎麼回答，只是羞得想躲起來，不願意被凱祐看到自己紅腫的雙眼。

凱祐撿起棒球，又從口袋掏出一支運動員常用的防水馬克筆。默默忍不住偷瞧了凱祐幾眼。他正低頭在棒球上畫畫，側臉的神情迷人又堅定。

「來，送給妳。」凱祐陽光一笑，遞出棒球。

上頭畫著一隻胖呼呼、輕飄飄的水母。

水母的眼睛有點脫窗，模樣看起來非常幽默而可愛，讓默默的嘴角不禁牽起一抹笑意。

「我一直覺得，默默好像水母喔！」凱祐認真地睜大眼睛，解釋道。

「咦！」被暗戀的男生說自己像水母，默默感到哭笑不得，拿著棒球的手也僵在空中。

凱祐有些慌了，不過那雙濃眉下的目光，卻是真誠無比。

「哈哈，不要這種表情啦！我是覺得默默總是靜悄悄的、很優雅，個子也小小，步伐輕輕的，笑起來又給人沒有壓力的感覺，所以很像水母。」

「謝謝你……」默默笑著收起了繪有水母的棒球。

就在這瞬間，她看見凱祐臉上閃過一絲紅暈。

他偏過頭，望著操場的藍天。大朵大朵的白雲，正因高空裡的疾風而移動著。而春末的微涼氣味似乎就藏在那一團團雲的影子中。

「總覺得時間好快喔……」凱祐輕輕地踢了踢地。

「已經國三下學期了耶。」

「對呀……」默默柔聲附合著，腦中的紛擾聲音一下子也沉寂起來。心情似乎也沒那麼亂了。

雖然不確定凱祐此時的心底在想什麼，但默默卻感受到他們有一種無須言語的默契。凱祐望著操場的眼神有些孤單，似乎在回味著國中最後一學期的日子。

就連凱祐這種過著充實校隊生活的隊長，竟然也會露出那種感慨的表情。默默有一種意外看見凱祐另一面的感覺。

「最後一學期也過了一半，我們要繼續努力呀。」默默淺笑地對自己說，也對凱祐說，而他朝默默真誠地露齒一笑。

雖然只是短短的不期而遇，但默默的心情卻不再煩躁。她突然意識到，手邊還有好多事情、好多比賽要擔心，實在不是為了尼克或斐恩煩心的時候。就算她再煩，一時半刻也改變不了什麼。

至少，事情都有輕重緩急。而她所能做的，也只有繼續埋頭努力準備比賽了。畢竟，再沒幾天就是演講比賽了。

上課鐘響了，默默與凱祐輕聲互道再見，各自回到教室去。此時，一股平靜的力量像夏天浪潮般，緩慢湧入默默心中。

她努力記住這種寧靜的感覺，並打開筆記本，在課桌上書寫著她的心情。默默做夢也想不到，這幾天發生的一連串事情，竟然成為她準備講稿的關鍵材料。

第十三章

告别

週五放學時刻，大部分的同學們都在討論週末該去哪裡放鬆。

然而，七班與八班的佈置組員們正如火如荼展開最後衝刺，連棒球隊長凱祐也從隊上請假，和所剩不多的合作夥伴們，站在教室牆外忙著佈置。

凱祐不但特地從球隊請假，還細心地帶了飲料與組員們分享。大家有說有笑，分工合作，不一會兒，牆上多了許多壁報與寶特瓶做的星球與海洋植物，而默默也用綠色水彩在牆上畫出許多栩栩如生的藤蔓。

「到底是大海還是宇宙呀？」路過的同學有些會駐足觀看，但面對尚未完全成型的佈置作品，他們多半也說不出個所以然。

尼克因為補習班有考試，需要提前離開。

最近，他跟默默一天說不到五句話，除了打招呼與說再見之外，尼克幾乎都不主動過來找默默。

很明顯地，他依舊在生悶氣。

默默對這種情況無可奈何，她有時也會害怕，擔心他們的友誼是不是就要這樣結束了。

「如果到畢業之前，尼克都不跟我說話的話，也許我們以後也不會聯絡了吧……」默默無奈地想道。

結束佈置活動之後，默默整個週末都在努力準備演講。

而週一學校的三位演講代表都請了公假，到市政府去參加全國大賽。

默默不擅長交新朋友，不過她跟兩位同校代表之間的氣氛倒是很愉快。三人在學校老師的陪同下，一起搭公車到市政府。

一路上，三位選手完全沒有談到演講的事情，反而在聊天。他們分享了童年時養過的小烏龜和倉鼠趣事，嘻笑之間，默默也感覺放鬆不少。

這是一場漫長的比賽，從各縣市到現場的小選手們總共幾十人，也聽說有不少選手因為路途遙遠或者有其他規劃而棄權。

到場時，默默的號碼還沒到，老師們要選手自行選擇去市政廳的咖啡館休息，或者到觀眾席去聽比賽。

默默毫不猶豫選擇後者。她聽了幾位的演講，就知道這場比賽的選手水準真的很高。

「每個參賽者都口條很好……雖然穿著全國各校的制服，但還是看得出來有精心打扮。」默默望著洗手間鏡中的自己，她只乾乾淨淨地紮了個馬尾就來了，沒在外表花什麼心思，心情也仍有些忐忑。

然而，當默默再度拿著講稿坐回觀眾席時，便慢慢融入週遭的氣氛。

滿座的人群、師長、外校的學生、以及前排的評審，甚至天花板裝潢布料的沉穩顏色，都讓默默的情緒漸漸習慣與融入。

默默將目光聚焦。她望向打著亮黃燈光的舞台，眺望著此刻正在演講的參賽者，一面想像著那就是自己。

「等一下就換我站在那裡了。」默默發現自己越是理性觀察，心情就變得越來越冷靜。

她將多餘的情緒瀝除，提筆反覆修著講稿。學校老師看到默默專注而全心投入的模樣，紛紛相視而笑。

「真是個沉穩的孩子。」老師低聲稱讚道。

♪

掌聲響起。

默默嬌小而微微緊繃的身軀，正試著從容地走上台。穿著制服的她，模樣樸素，氣度卻帶著一絲內斂的優雅。

此時，觀眾席後方的大門進來一個匆匆忙忙的身影。

那是尼克。他一眼就看到台上的默默，雙眼也綻放出光彩。

「加油啊，默默……」尼克喃喃唸著。

「各位評審、在座的老師、同學與觀眾朋友，大家午安。」默默用一種極具自信與禮貌的自然聲調說著，開始了順暢的開場白。

尼克倒是第一次看見這樣的默默，她似乎在舞台燈光下閃閃發亮，是那麼讓人陌生，五官所散發出的，卻是尼克最熟悉的友善笑容。

特地向學校請事假的尼克，坐了大老遠公車來到這裡。他揮了揮初夏帶來的汗水，急忙找了個座位。

尼克望向台上的默默。

她站在燈光的中心，已經開始演講第一段，手勢輕柔，眼神真誠，而那從心散發的語氣，更是讓尼克也不禁專注了起來。

「我的演講題目，是大會指定的第二組題目，『告別』。」默默帶著淺笑，眼神閃動著許多感觸。

「『告別』，不只是一件事，一個動作，更是一種心境。所謂的生活，也是由各種多采多姿的告別組成，才充滿味道，充滿讓人心動的起伏。不管是，朋友之間相伴走回家時、那聲爽朗的再見，或者是與家人分離的心情，都不斷地像磚塊般，堆砌、建築，組成了我們的每一天。」

聽著默默溫柔而流暢的語調，尼克想起他們每天走路上下學的情景，想起默默與他並不像其他損友一樣恣意打鬧，卻經常敵愾同仇地分享許多見解。

默默也經常幫尼克解決許多作文與國文的問題，不但是他的聰慧小幫手，更會幫助尼克緩解負面的憤怒情緒。

想起默默總是溫言相勸、分析課業時不失智慧的模樣，尼克感到很感慨。

「原來，這真的是我和默默同班的最後一學期了。我之前還對她大小聲，不聽她講什麼……」

默默站在舞台中央，嬌小的身軀被講台擋住大半，但上半身的雙手、肩膀與臉部表情都充滿活力，眼神更是炯亮無比。

尼克望著講台上的默默，露出微笑。

此時，默默環視全場的目光，稍微在觀眾席位置停留了下來。她可愛地笑了，因為她也看見了遠方座位上的尼克。

「我們生活中有許多的細節，有些討人喜歡，有些則讓人厭惡、卻揮之不去。」默默的語調滑順而自在，充滿情感。

「不過……奇妙的是，往往我們都在告別時刻，才開始懂得珍惜。」默默將自己心中的想法，透過嘴巴與清晰的思緒展現出來，評審開始頻頻點頭，被她的故事所感動。

「我是個很平凡的國三生，即將面臨我的畢業季。最後一個學期，我想抓住的東西很多，我跑了很多活動，我參加了一些比賽，想努力證明自己……過程中有時候我覺得又累、又想放棄，但我卻發現，真正支持我的，不是手邊的這些事情……」默默用充滿溫度的眼神環視著全場。

「而是，身邊這些、讓我不想分別說再見的人。其中有經常愛護我、保護我的人，也有總是傷害我、欺騙我的人。而我，並不想輕易地跟這些人說再見。」

默默的神情與話語，讓座位上的尼克直起身子。他明白默默正將自己對國中三年生活的反省，融入到講稿裡。

評審們的筆開始在成績單下劃記，他們帶著投入的表情望向默默，彷彿也在跟著沉思。

「人生中充滿了傷害，但有時候傷害也提醒我們，重視自己所擁有的愛。而當我們面對傷害，勇於放手的那一刻，我們的心也得到了告別後的自由。」

此時，默默也看見了觀眾席一角，站著她的媽媽與堂姊碧文。

碧文的眼眶已經泛紅。

默默的話語，讓她想起自己單戀的對象。那是個不值得付出的男生，也傷害她很深，還讓她自己迷失了方向。而終於決定斬斷情絲的碧文，聽了默默此番演說，更是胸口浮現出許多感觸。

默默繼續在台上展現她蘊藏多時的魅力，並準備做出結尾。

「告別，是一種擁抱當下的豁達，也是一種面對過去的勇氣，我期許自己在往後無數的告別中，能夠蛻變、成長，珍惜每次相聚與分離的勇氣。」默默眼中流淌著自然的光輝。

「因為，告別，是為了迎接下一趟旅程，下一個開始。」語畢，觀眾先是靜默一兩秒，彷彿默默透過麥克風傳出的悅耳聲音，仍讓大家沈浸不已，意猶未盡。

隨後，一陣掌聲率先從評審席響起，一路轟隆隆地蔓延至整個大講堂。

尼克也奮力地鼓掌。他起身，眼中滿是興奮的神情。

「太棒了！默默！」尼克魁武的身影一路奔下觀眾席，他跑到選手休息室門外，等著給默默一個大大的擁抱。

「默默！妳好棒……」尼克像抱起小兔子般用力抬起默默，嚇得她又驚又喜。

「我……我以為你還在生氣……不會來了。」默默看到尼克，眼眶也已經紅了。

「怎麼可能不來！」尼克用半責備半埋怨的語氣苦笑道。

「妳那麼帥，我不來多可惜！早就偷偷請假了……」

默默皺眉一笑，語氣轉為認真。

「尼克……我也要跟你說對不起，之前吵架的事……」

「唉！別說了！我才對不起！我沒有仔細想到妳的心情……就那樣對妳大小聲。其實，妳說得也沒錯，我聽了妳剛剛的演講……才知道妳是想用豁達的心情去面對最後這學期，可是我卻一直慫恿妳去報復……」尼克的眼神中充滿對默默的敬佩，與深深的愧疚。

「默默……我一直覺得妳是個弱者，所以我應該保護妳、凡事罩著妳……但其實，我才是那個一直過不去的人啊！反而是妳，默默，妳教導了我很多事情。」

「尼克……」默默紅了眼眶，心中充滿了感動與感謝。

看見尼克這麼舒緩卻認真的神情，默默深受鼓舞，她張開了雙手，抱住尼克。

此時，兩人身旁走來了幾個大人。

原來是學校的老師們與默默的媽媽。

「默默……」媽媽的鼻頭紅紅的，眼神中充滿笑意，默默已經知道她要說什麼了，也上前給媽媽一個深深的擁抱。

「媽媽……堂姊呢？」默默疑惑地問，因為她方才在台上時，的確看見堂姊對她笑了，那是個很深、很溫暖的笑容。

「妳堂姊先回去上課了，她說，她也要去對一些事情『告別』。」媽媽用了默默演講的標題，如此說道。母女倆相視而笑。

默默明白，堂姊碧文是要去斬斷情絲。她打算之後打手機給堂姊，替她祝福。

此時，幾位老師和同校的代表學生，也笑瞇瞇地圍了上來。

「妳的女兒真的好優秀！剛剛那番早熟的演說內容，是真的充滿對生活的領悟，連大人都未必寫得出來呢！」老師稱讚著。

而一小時後，大會的評審也針對默默的演說發表了類似的讚美。默默確定得到全國演說比賽第二名，並即將代表台灣去夏威夷，參加亞太區比賽。

這個消息傳回學校，讓全校為之沸騰。

第十四章

風雲人物

兩天後的早晨，剪了個超短的新髮型的堂姊碧文，神采奕奕地和默默一起出門。

她臉上寫滿了好消息，與默默閒話家常的內容，也積極且充滿期許。

「今天我們辯論社要去北部幹部訓練，真是充實啊！」碧文手中拿著旅行用的大包包，準備一放學就直接搭車去受訓。

再過幾天，默默也要接受學校指派的老師訓練，磨練她的英文口說能力，準備參加在夏威夷舉辦的亞太區比賽。

「默默講英文已經很標準了，英文作文也滿強的，真不知道老師要給妳加強什麼！」碧文誇獎默默，想增加她的自信心，因為默默這幾天顯然又變得有些緊張。

「堂姊……我沒這麼好啦，我只是想早點完成演講稿，然後學習用英文口說的方式，開始背稿……」默默苦笑著，其實她對演講準備的方式，已經非常熟悉，所以碧文也並不擔心她的表現。

「反正，要是有什麼問題，隨時打手機給我呀！」碧文露出美少年般的俊美笑容。

「我隨時給妳當軍師！」

「堂姊……真的很謝謝妳。」默默真心地說，眼中閃動著感謝的光彩。

「少肉麻啦！彼此彼此。」碧文吐了吐舌頭。

「妳也教會了我不少事情呀，臭丫頭！」

默默甜甜地笑了。堂姊雖是半開玩笑的稱讚，卻讓她很開心。

現在的堂姊已經和不值得投入的對象正式分手，不再聯絡。生活費的事情，默默與堂姊也主動跟默默雙親溝通過，已經沒事了。現在堂姊每天都神采奕奕地出席學校與辯論社活動，生活步調也重新上了軌道，氣色更是好了不少。

「那我要往這條路走囉！再見！再打電話給我呀！」碧文直爽一笑，轉進另一條大馬路上學去了。

空氣的味道，就像初夏的藍天般澄澈而清香，默默走在路上，感覺煥然一新。

五分鐘後，尼克騎著單車出現在街口，如往常般一起和默默去上學。

一路上，也理所當然地遇到許多同所學校的熟面孔。不同於以往的是，同學們看到默默全都露出微笑，甚至主動打招呼。

「早安啊！默默！」一個不怎麼熟的同學，用親切的語氣如此招呼道。

「哦！是那個台灣代表嗎？三年八班的葛璦默喔？」

默默一開始有些慌了，不知道如何回應，尼克卻哈哈大笑，撞了撞默默的肩膀。

「別傻住啊！不用想太多啦！新聞報成那樣，妳又上台被表揚那麼多次，誰不曉得妳要參加亞太區比賽的事情呀？」

「哦……原來是這樣，唉。」默默苦笑。

「唉什麼唉！直接跟他們打招呼就好啦！」尼克笑著叮嚀。

「反正只是打個招呼而已。好歹妳現在也是我們學校的名人了，不會再有人忽視妳啦！」

「原來他們都認得我是誰……」默默雖然開心，心底倒也感觸良多。

以前她總是靜靜地上學放學，不想惹人注意，如今即使沒見過面的同學們都還能在路上認出她來，實在讓她很難適應。

一到了學校，阿緯老師也溫柔地特別叮嚀她。

「默默呀，這是妳人生中的新里程碑呢！不過，比賽的事情，讓妳壓力很大吧！這次台灣只有妳和另一位高雄的同學要參賽青少年組，學校會再介紹妳們認識的，就當作是一次經驗，不要去想輸贏。妳已經很棒了！」

默默只得點點頭。過慣低調日子的她，如今走到哪裡都被盯著看，雖然知道大家沒惡意，只是對她很好奇，但默默還是不免很緊繃。或許，她就是這種容易緊張的體質吧！但對於即將來臨的未來，默默也用期待的心情去面對。

中午時，能像以往一樣和尼克靜靜地坐在草坪的樹蔭裡吃飯，不但耳根子清淨，更是一種享受。

今天，操場上的那抹蔚藍天空，正式宣告著夏季的來臨。一個白衣棒球制服身影跑來，朝默默搖了搖手。

「嗨！尼克！默默！」凱祐露出白皙牙齒笑道。

「教務處報告，請參加佈置比賽的同學，到行政大樓中庭集合。」此時，廣播響了起來。

「唉呀，兩位先聊，我代表你們去集合囉！」尼克順勢地抽身離開，臨走前，還和凱祐交換了一個神秘的微笑。

「哦，佈置比賽已經評完分數了嗎？」默默還在關心廣播的內容，絲毫沒注意到尼克和凱祐的用心。

原來，尼克是看默默最近被同學的目光搞得心不在焉，才找來也頗受注目的校隊隊長凱祐，要他來陪默默談談心。

默默聽凱祐說明來意之後，又害羞又感激地笑了。

「原來是這樣，那傢伙竟然變得這麼纖細，還擔心我！」

「對呀！」凱祐接腔道：「尼克是真的很關心妳呢！」

「凱祐，你也很關心我呀！」默默露齒一笑，態度大方，反讓凱祐的表情瞬間羞紅了一下。

「呃……沒有啦！自從佈置比賽完，我們也好久沒見了。我忙著棒球，妳忙演講，聽到妳要代表台灣去夏威夷比賽，真是太帥啦！哈哈！」凱祐一講到夏威夷這個海濱國度，眼睛都亮了起來。

「我沒有那麼好啦……」

「唉呀，放輕鬆！」凱祐說。

「就當作是出國渡假呀！雖然只有短短的三天行程，但是玩得開心、學經驗最重要！」他率真一笑。

「我去外縣市比賽都這樣告訴自己。」

「凱祐真的是能夠很輕鬆地調節壓力呢！」默默敬佩地說。

「沒有啦……因為太緊張，反而會影響表現，所以要享受當下才對。」凱祐認真地說著，雙眼望向操場盡頭的夏日藍天。

「因為，再過不久，我們也要各自上高中啦！又是新開始了！」

享受當下，放眼未來。默默覺得凱祐說得很對。而他輕鬆又不失理性的分析態度，更讓默默感到自己的心，不再繃得那麼緊了。

默默問了一個讓她好緊張、卻也放在心底很久的問題。

「凱祐……我們畢業之後，還會再聯絡嗎？」

「一定要再聯絡啊！」凱祐不加思索地回答，眼神中盡是真誠的光芒。

「我還要請默默來看我的比賽呢！」

「好，一定去看你比賽！」默默感覺自己耳根都紅了。

「拜託一定要來喔！」凱祐回答，樣子不像在開玩笑，反倒十分認真。

默默聽見操場草叢在風中顫動的颼颼聲，涼爽而寧靜，讓她的胸口一陣悸動。

此時，初夏的微風帶來了遠方的校園廣播聲。

「各位同學午安，以下開始宣佈，佈置比賽的得獎名單……先從三年級開始公佈。」凱祐與默默四目相對，雙方都緊張地摒住呼吸。

♪

佈置比賽的成績宣佈了。然而，卻有部份三年級的同學群聚在走廊上，臭著表情高聲埋怨。

「不公平啦！七班和八班分別出了個黎凱祐和葛瓔默，學校就頒第一名給他們嗎？」

「佈置得又不怎麼樣，只是人紅了點而已。」

「太偏心啦！我們班人手比他們多，做得比他們好太多了！」

同學們起了小小的民怨，不少人還聚集到七班與八班的教室外牆，開始酸言酸語。

教室外牆上是一片無垠的深藍色宇宙，而海洋植物的藤蔓輕輕把寶特瓶作成的星球團團圍住，整片牆看起來生氣盎然，像是大海，也像是星空的畫布，色調單純而統一。

大大的「佈置比賽首獎」立牌，則已經被評審老師貼在這面牆上。

七班與八班的同學因為得獎了很開心，還紛紛說著「畢業前要帶相機來跟這片牆拍照」。所以當部份抗議的聲音傳到這兩班同學們耳中時，他們非常憤怒。

「喂！不要污辱我們班的作品好嗎？都已經得首獎了，妳們還要怎麼樣啊？」

「對啊，默默和凱祐做這個是很辛苦的！」

「哪裡辛苦啊！」反對的同學們叫道。

「顏色超單調的！」

「而且聽說你們根本人手不足，才做出這麼簡陋的作品！」

「都是評審偏心啦！我們班作那麼認真，是被當傻瓜嗎？」

雙方人馬鬧得不可開交。

當默默與凱祐要回到自己班上時，也同時聽見了擁護派與反對派的聲音，兩人當然很尷尬，面面相覷。

「默默，趕快進教室，不要被捲進去了。」凱祐冷靜而低聲地叮嚀道。

「別在意，就算我們今天沒得名，也會有人酸我們的……」

「嗯，凱祐你也趕快進教室吧！」默默抹了抹額前的冷汗，雖然得獎的喜悅已經被同學的言語攻擊給打散，但她還是很感謝凱祐的提醒。

欣慰的是，八班的同學幾乎都站出來維護默默，只有幾個幹部們怕引起紛爭，躲在教室裡不想插手。

眼看走廊裡已經有同學們吵到相互推擠，場面非常火爆激烈。

「等一等！大家可以聽我說嗎？」此時，八班教室門口傳來一個理智而高亢的聲音。

默默看見說話的人時，嚇了一跳。

說話的正是七班的班長，斐恩。她美麗的臉龐帶著些微的惱怒，一向優雅近乎冷淡的她，看起來也比往常沉不住氣。

看見校花都出來說話了，吵架的同學也不免有些驚訝。

只見斐恩站了出來，不卑不亢地高聲說：「我覺得，這是一個說話要講證據的時代了，大家如果有不同意的地方，當然可以提出來。可是，妳們說評審打分數偏心，又有什麼證據呢？如果有證據的話，現在就拿出來。」

「呃……」起鬨的別班同學們滿臉通紅，說不出話來。

「就我所知，我們班葛璦默可是很認真的喔！班上一開始都沒人要參加這次佈置，她和尼克卻自己扛起來做。當然，七班的黎凱祐和他的組員，也非常認真在幫忙。」斐恩的表情轉為平靜，但雙眼仍炯炯有神地直視著那幾位吵鬧的同學。

「你們自己班上的同學，也都很認真在作佈置，如果我們八班今天輸了，就跑去你們班上吵鬧，污辱你們苦心佈置的作品，你們又作何感想呢？」

對方啞口無言，一副想找地洞鑽的模樣。

「說得好！不愧是斐恩！」七班和八班的同學也替斐恩叫好。

默默的情緒更從驚訝，轉為感動。

默默萬萬沒想到，斐恩竟然願意出來替她說話，而斐恩的表情也不會有半點假惺惺的意思。她美麗的大眼睛中，的確充滿殷切的正義感，是真的在替默默和凱祐抱不平。

身為他們班三年來的班長，斐恩的確總是能在關鍵時刻展現魄力。默默也不禁覺得她很帥氣。

雖然，斐恩以前會故意找自己麻煩……不過，倘若斐恩沒有故意設局讓她變成佈置組長、演講比賽的班代表……這幾個月來的好運也都不會發生。

「好啦，我知道你們也沒惡意啦！」斐恩語氣轉緩，對來鬧事的幾個同學說。

「既然沒事了，那就希望你們趕快回班上吧！不然被訓導主任看到，大家都會被帶去問話的。」斐恩這句強勢中不失智慧的話，給了對方台階下。他們急忙匆匆擠進人群，尷尬地走了。

望見這幕的凱祐，對斐恩輕輕一笑。「謝謝妳唷！」

這下倒是換斐恩有些不好意思。

「沒有啦，畢竟……當初希望葛璦默出來接佈置組長的人，是我呀！」

聽見這句話，默默心中更是充滿一言難盡的感慨，當然，也包含對斐恩的感謝。

她發現，自己已經能對過去的事情釋懷了。

不過，如果去找斐恩當面道謝，依斐恩愛面子的個性，恐怕自己又會碰軟釘子。默默苦笑地想道。

「斐恩自尊心很強的……我得換個方式。」

「謝謝妳，斐恩。」上課前，默默將不知如何開口的情緒寫在紙條上，偷偷放到斐恩桌上。

看見紙條時，斐恩表情雖然有些複雜，但留在她臉上的，卻是很清楚的笑容。

那樣的笑容，讓默默倒也覺得頗溫暖的。

「笨蛋，不要跟我講話。」斐恩在紙條上如此寫道，拋到默默桌上。

默默打開看時，發現斐恩在紙條一角畫了個大大的笑臉。

那張笑臉有雙長長的睫毛，笑起來甜甜的，長相有些像斐恩，也有些像默默。

默默心中感到一陣暖洋洋的，像是週日午後的陽光飄到她臉上的感覺。

第十五章

遠行的日子

很快地，時間邁入五月底，班上充斥著升學的壓力，剩餘的時間大家不是在練習運動會的幾個項目，便是在埋頭讀書。默默體能不好，雖然不用參與運動會的練習，卻也閒不下來。

她最近每天都和尼克練習用英文直接對話，雖然引起不少同學的側目，但久了大家都知道他們是在為默默的英文演講作準備，也都紛紛表態支持。

有些人還會努力地用破英文和默默溝通，默默也會大方與他們互動，最後大家笑成一片。

「我覺得，大家現在好像沒那麼討厭我們了。」尼克有感而發地說。

「是因為快畢業了，開始依依不捨了嗎？」

「也許，大家一直都沒有討厭我們，只是對我們有一些刻板印象吧！」默默笑道。

「我們也是給他們不少瞭解我們的機會呀。」

尼克吐了吐舌頭。

「唉，妳真的很樂觀耶，總是把人想得那麼好！」

「我已經壓力很大了，還動不動就認為別人討厭我，這是自找苦吃啊！」默默打趣道。

尼克點點頭，他知道默默說得沒錯，他也在努力學習她正面的思考態度。而尼克現在也比較少和班上同學起衝突了，雖然他的個性仍舊很直，不過，經過了最後一學期的磨合之後，尼克倒也覺得自己從默默豁達善良的個性中，體會到一些啟示。

對於不認同她的人，默默不會口出惡言，但也不會像以前一樣自暴自棄。

「就算別人不認同，只要我身邊還有尼克這樣的朋友認同，就夠了。」默默說。

夏天來了。

炎熱的日子一天天過去，掛在八班教室後方的日曆不斷被值日生翻頁、撕去。很快地，演講比賽的日子就迫在眉睫。

「默默，明天就是妳要出國去夏威夷比賽的日子啦，行李打包了嗎？」阿緯老師把默默叫到一旁，熱心地說。

「老師可以通融，讓妳先請半天假，下午不用上課，先回去打包吧！」

這是個很誘人的提議，既可以早點回家休息，還多了一些準備講稿，默默很感謝阿緯老師的意見。

她正要開口謝謝老師時，有同學慌張地跑了過來。

「早上的各班班長會議，聽說斐恩沒有去開會耶！有人知道她去哪裡了嗎？」

「咦！不可能吧！斐恩不會這樣的。」阿緯導師吃了一驚，全班同學也感到很驚訝又疑惑。

此時才剛結束早自修，正要開始第一節課。

平常會喊起立敬禮的斐恩不在，只好由副班長代勞。

這一節課，幾位跟斐恩要好的女同學都上得心不在焉，默默也有些擔憂。因為這樣無故消失又曠職的事，斐恩當班長以來，從未發生過。

「最近聽說有變態闖入校園，斐恩會不會是被變態抓走了？」

「有可能喔，我們要不要出去找啊？」

幾位同學擔心地討論道，默默一開始聽了哭笑不得，但卻也開始懷疑了起來。

於是，一等到下課，默默便拉著尼克，到校園各個死角去找斐恩。不管是無人的舊大樓、空教室，還是偏僻的外掃區、蒸飯室、健保中心，她們全都找過了，就是沒有斐恩的蹤影。

導師阿緯也很緊張，連忙和斐恩家長聯絡，問問她在家裏是否有任何異常行為，或者是否有透露過想去的地方等等。

「我們家女兒沒什麼問題啊！天啊……一定是發生什麼事了！」斐恩媽媽在電話裡急哭了，連忙坐著黑頭轎車趕來學校，這一舉動更把班上的同學弄得緊張無比。

眼看時間到了下午，人都還沒找到，導師阿緯特地跑來告訴默默，要她回家小心。

「默默，妳不要受斐恩失蹤的事情影響了，先回家準備休息，整理行李，老師晚上再聯絡聯絡妳。」由於默默是台灣演講代表之一，老師深怕班上騷動的情緒影響斐恩準備比賽的心情，要默默先回家。

雖然頗為擔心，但也對目前的情況束手無策，默默只好拎起書包，走出校門。

下午的街道上幾乎沒有國中學生，直到街頭閃過一個清瘦的制服身影，默默的注意力立刻被吸引過去。

「咦？斐恩！」默默一眼就認得那是斐恩。

她隻身站在商店街的書報攤上，顯然連書包都忘在教室了，一臉失魂落魄的模樣。

這正是之前默默與斐恩曾經吵過架的書報攤。

「妳沒事吧！斐恩！」默默焦急地跑了過去。

斐恩發現衝過來的是默默時，明顯嚇了一跳，手中的書報啪的一聲摔在地上。

默默幫著撿起書報，發現那是一本雜誌專刊，刊名是「美國高中名校年度攻略總整理」。

「把它放回架上吧……我不需要了。」斐恩低著頭，不想讓默默看到她的表情。

但默默看得很清楚，斐恩在流淚，眼睛都哭腫了，顯然哭了好一陣子了。

「斐恩，妳怎麼了？為什麼要一個人跑出學校，來這裡看雜誌……」

「不要問！」斐恩猛然朝默默吼道，雙肩聳起。

默默正被她的怒氣給震懾，斐恩又突然蹲了下來，掩面大哭。

「嗚嗚嗚………」光是哭還不夠，斐恩甚至用力地伸出手，彷彿尋求安慰般地扯住默默。

她的手掌出了好大的力氣，捏得默默痛得想大叫。

但默默知道，她絕對不能在這一刻鬆開斐恩的手。

因為，斐恩需要她。

「沒事的……」默默柔聲安撫道，她不打算問斐恩發生了什麼事，對於此刻的斐恩來說，她會選擇一個人跑到校外哭泣，一定是十分孤獨，卻又不願意讓人看見她脆弱的一面。

望著眼前哭成淚人兒的美女，默默很快地明白了她的心情。

「呃，小妹妹……沒事吧？」憨厚的書店老闆看見兩個女孩在店門前，其中一位還嚎啕大哭，有些尷尬地探頭問道。

「怎麼哭得這麼傷心呀……」

「我也不知道……」默默苦笑道。

「不好意思，不過……您不用擔心，她會沒事的！」

默默的這句「她會沒事的」，頓時像一道暖流般湧進斐恩受傷的心中。她回握住默默的手，而默默也笑著，用力地把斐恩拉了起來。

斐恩無聲地對老闆敬了一個禮，像是在為自己的行為道歉，而老闆也尷尬地回禮。

默默追著斐恩的步伐，兩個制服女孩回到大街上。

「我……被美國的高中拒絕了，三所都拒絕了我……」斐恩哽咽地說，而默默也心疼地望著她悲傷的側臉。

「唉，我只好回去考學測了……」

「學測也沒什麼不好啊！斐恩功課那麼好，沒問題的。」默默真心地鼓勵道。

「哼。」斐恩不領情，但表情明顯爽朗了點，似乎因為有人聽她傾吐，而舒緩了不少負面情緒。

「唉，我本來想去美國唸書的……」斐恩仍舊碎碎唸著，步伐卻是乖巧地跟著默默往學校走，彷彿跟默默頗有默契似的，任由她護送自己回學校去。一路上斐恩也不斷抱怨自己的事情，例如家人對她沒考上的事情很不諒解、教她長笛的老師也很失望等等。

默默一路靜靜地傾聽著，她雖然沒有說太多鼓勵的話，但傾聽的行為很明顯地對斐恩起了作用。默默這才發現，原來看似美麗又堅強的斐恩，也有許多私密且脆弱的一面。

不過，這樣的斐恩倒也挺可愛的。

「好啦，妳就送我到這裡吧！」走到校門口時，斐恩主動說。

「嗯。」默默微笑地揮手。

「我們都一起加油吧。」

「哼，妳才要加油啦！出國順風啊！」斐恩破涕而笑，如此祝福道。

斐恩的事情就暫時這樣落幕了。

晚上，默默和班導阿緯互通了電話，因為默默是第一次出國，雖然有公家機關的老師和主任帶隊陪同，但心情上仍有許多緊張的地方，阿緯老師也一一提醒她許多要注意的細節。

「記得喔，默默，明天妳跟台灣代表團集合的地點，是在桃園機場第一航廈一樓華航的櫃台。」老師耳提面命地叮嚀，還要默默一定要早點到。

「千萬千萬要在早上七點就到，一定要喔！慢一分鐘都不可以。」

「好，我知道了，謝謝老師。」默默覺得老師最後有點過度囉唆，不過她也沒想太多。而隔天早上默默被爸爸載到機場時，正巧是六點五十五分。

默默的爸爸也用興奮的心情，陪著默默在集合地點等候。

「奇怪，你們老師幹麻叫妳七點就來，我記得說明文件上說，台灣代表團是七點半集合呀！」爸爸一面打著呵欠，一面疑惑地說。

然而，第一個出現在默默眼前的，不是台灣演講代表團的任何人，而是又高又壯的尼克。

他一臉亢奮地朝默默猛力揮手，更讓人驚喜的是，尼克後面還跟了一票黑壓壓的人。

「咦！那是……」默默驚訝得幾乎流出眼淚。

斐恩、凱祐、佳萍、阿緯老師……一張張熟悉的笑臉映入默默眼簾，他們快步地跑過清晨的機場大廳，後頭還跟著一票八班的同學。

一塊寫著「三年八班，祝默默旗開得勝！」的彩色牌子，隨著湧上來的同學身影一起晃動，默默感動得淚眼模糊，忍不住摀住嘴巴哭了起來。

「別哭了，趕快去跟妳同學會合！」

默默的爸爸也紅了眼眶，推了推默默。

默默哭著，臉上的笑容充滿甜蜜與感謝。

「妳們……怎麼來了……」

「當然要來啊！我們還怕時間不夠，一早就集體搭車趕過來了！」尼克給了默默深深的擁抱，一旁的凱祐見狀，還不禁露出有些吃醋的表情。

斐恩笑著走到最前面，她今天也戴上了綴滿寶石的髮箍，顯然盛裝打扮。

「這是我們班昨天放學留下來寫的卡片……還有我送妳的禮物，妳一定馬上要打開看喔！」斐恩用命令又撒嬌的語氣說著，讓默默忍不住笑了出來。

「好，等會兒一定馬上打開。」

同學們全都用期待又興奮的眼神注視著默默。默默知道他們等等還要趕車回去上課，心中更是感動又心疼，雙眼再度泛出感謝的淚水。

「默默，這個活動不是強制的，是斐恩昨天放學前主動提起的。」

阿緯低聲對默默說。

「尼克還和斐恩一起籌劃這個驚喜，同學們也都是自願參加的喔！」

「尼克和斐恩一起籌劃？」默默不禁覺得不可思議，高聲叫了起來，全班也隨之哄堂大笑。

「為什麼笑？我不能和斐恩一起幫默默辦活動嗎？」尼克尷尬地叫道。

「有這麼奇怪嗎？」

「哈哈，真是太神奇了，」默默打趣道。

「你們一定一直吵架吧！」

「吵了大概快一百次。」斐恩假裝生氣地說。

「我真是受不了這個笨蛋！」

「我才受不了妳呢！死三八！」尼克也沒好氣地與斐恩再度鬥嘴道。

老師與爸爸聽了也不禁笑出聲。

「這些孩子，明明就感情很好啊！真是的！」默默的爸爸和阿緯老師相視而笑。

在歡樂的笑聲與祝福中，默默要登機的時間也到了，演講代表團在後方頻頻望著默默，而她也不得不和同學分別。

這還是三年來，默默首次這麼捨不得與全班同學分離。當然，同學們也感受到洋溢在機場大廳的這股情緒，露出依依不捨的神情，沒有人看手錶和大廳時鐘，彷彿希望這個青春的時間永遠暫停似的。

「好啦，讓默默準備登機手續吧！她三天後就回國了，你們不要搞得好像已經要畢業一樣嘛！」阿緯老師苦笑道。

但說實在地，老師看到孩子們如此相親相愛的一面，倒也被感動了。他還一度忍住想落淚的衝動，吸了吸鼻子。

「默默，玩得開心最重要，其他的事情不管好壞，都當作是經驗。」凱祐露出如日光般和煦的笑容。

「我在台灣比賽也會加油的！」

「好的，凱祐……謝謝你，我們都一起加油！」

離別前，同學們不斷回過頭朝默默揮手，而默默也是同樣地捨不得他們離開。

大家也知道默默容易緊張的個性，因此反而對默默說了許多鼓勵的話，還要她好好在夏威夷享受這三天的旅行，不要因為比賽而壓力過大。

望著同學們的背影，落寞和感動兩種情緒同時流淌過默默的心房。

上飛機前，默默想起斐恩的叮嚀，特地從滿滿一袋的卡片中，率先掏出斐恩的來閱讀。

卡片的裝飾也充滿斐恩的風格，撒滿奢華又耀眼的金粉，上頭寫的「昨天真的……很謝謝妳，謝謝妳聽我說。比賽加油！我真心祝福妳！」結尾處，斐恩又用銀色的亮粉筆，精心繪上了一個長睫毛的微笑大臉娃娃。

娃娃的臉旁邊，寫了一句短短的「之前很對不起……」

「斐恩，妳道歉了……」

當默默看見這句話時，三年的國中生活，彷彿跑馬燈在她眼前閃過。裡頭有不少她緊張、崩潰想哭、尷尬出糗的畫面，但默默卻發現，此刻的自己已經可以一笑置之。

「默默，快看！那就是我們等等要搭的飛機喔！」代表團老師的一句話，讓她回過神來。透過候機室大廳的窗玻璃，可以看見蔚藍的天空下停留著一架雄偉的客機。

默默瞇著眼望向客機背後的耀眼天空。

這片藍天，跟她和尼克並肩走過的上學道路上的天空很像，也和她一起和凱祐在操場上看過的景色相似。

此時，溫暖如夏日的回憶在她肌膚上遊走。

默默抬起頭俯視清朗的蒼穹，腦中閃過了同學們的溫言鼓勵。

「謝謝你們，謝謝你們聽我說。」她露出微笑。

此時，大廳響起了登機的廣播。

默默拎起行李，腳步輕盈地往前踏去。

勵志學堂系列

62

《與毛小孩約定的幸福》

我，即將擁有家人了……

狗類之間有一個古老的傳聞，就像人類也有信仰一樣。
只要在那一生，能得到主人一滴最真摯的眼淚，
那麼來世，就還會再回到那個主人身邊……

63

《拉布拉多陪我：點亮看不見的世界》

「我生來就是要當妳的眼睛。
只要有彼此在，未來的旅途將美好燦爛。」

誕生於嚴謹的拉布拉多繁殖機構，
晶晶從導盲犬學校畢業、歷經嚴苛的篩選，來到小玟身邊。
小玟是三年前在意外中失去視覺的職業錄音師，
自尊心甚高的她，失明後遭未婚夫分手，也丟了工作。

不敢再渴望愛情的小玟，卻透過晶晶開啟了一場愛的旅程。

64

《流浪犬阿金》

牠的心是如此破敗不堪，你是否仍願為牠停留？

被說是惡霸也好，孤狼也罷，
犬王阿金，早已習慣了獨自在街頭討生活的日子，
黑中帶金的星辰毛色，象徵了牠顛沛卻也不凡的一生。

在流浪鬧事中度過歲月，漸漸不再年輕，
問題狗兒阿金，卻成了一隻家庭寵物！

65

《與奶奶的約定》

奶奶，我會幫妳記得所有的事情……

每年暑假，倩羽最期待的就是到臺南老家和奶奶一起過暑假了。
但今年，爸爸卻告訴她一個令人震撼的消息：奶奶得了失智症。
而倩羽下定決心，就算奶奶以後什麼都記不得也沒關係，

她會不厭其煩的告訴奶奶：
「奶奶，我是倩羽，是跟您感情最好的倩羽。」

培育文化

勵志學堂 69

傾聽・我說

作者　夏嵐
責任編輯　林秀如
美術編輯　林鈺恆
封面設計　青姚

出版者　培育文化事業有限公司
信箱　yungjiuh@ms45.hinet.net
地址　新北市汐止區大同路3段194號9樓之1
電話　（02）8647-3663
傳真　（02）8674-3660
劃撥帳號　18669219
CVS代理　美璟文化有限公司
TEL／(02)27239968
FAX／(02)27239668

總經銷：永續圖書有限公司

永續圖書線上購物網
www.foreverbooks.com.tw

法律顧問　方圓法律事務所　涂成樞律師
出版日期　2018年08月

國家圖書館出版品預行編目資料

傾聽・我說 / 夏嵐著. -- 初版.
-- 新北市 : 培育文化, 民107.08
面 ; 公分. -- (勵志學堂 ; 69)
ISBN 978-986-96179-3-2(平裝)

859.6　　107009611

※為保障您的權益，每一項資料請務必確實填寫，謝謝！

姓名		性別	□男　□女
生日	年　月　日	年齡	
住宅地址	郵遞區號□□□		
行動電話		E-mail	

學歷

□國小　□國中　□高中、高職　□專科、大學以上　□其他______

職業

□學生　□軍　□公　□教　□工　□商　□金融業

□資訊業　□服務業　□傳播業　□出版業　□自由業　□其他______

謝謝您購買 **傾聽・我說** 與我們一起分享讀完本書後的心得。

務必留下您的基本資料及電子信箱，使用我們準備的免郵回函寄回，我們每月將抽出一百名回函讀者，寄出精美禮物以及享有生日當月購書優惠！想知道更多更即時的消息，歡迎加入"永續圖書粉絲團"

您也可以使用以下傳真電話或是掃描圖檔寄回本公司電子信箱，謝謝！

傳真電話：（02）8647-3660　電子信箱：yungjiuh@ms45.hinet.net

●請針對下列各項目為本書打分數，由高至低5～1分。

	5 4 3 2 1		5 4 3 2 1
1.內容題材	□□□□□	2.編排設計	□□□□□
3.封面設計	□□□□□	4.文字品質	□□□□□
5.圖片品質	□□□□□	6.裝訂印刷	□□□□□

●您購買此書的地點及店名______

●您為何會購買本書？

□被文案吸引　□喜歡封面設計　□親友推薦　□喜歡作者

□網站介紹　□其他______

●您認為什麼因素會影響您購買書籍的慾望？

□價格，並且合理定價是______　□內容文字有足夠吸引力

□作者的知名度　□是否為暢銷書籍　□封面設計、插、漫畫

●請寫下您對編輯部的期望及建議：

2 2 1 - 0 3

新北市汐止區大同路三段194號9樓之1

傳真電話：（02）8647-3660
E-mail：yungjiuh@ms45.hinet.net

廣 告 回 信
基隆郵局登記證
基隆廣字第200132號

培育

文化事業有限公司

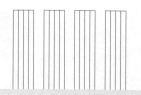

讀者專用回函

傾聽・我說

培養文化育智心靈的好選擇